Amos Daragon,
la toison d'or

Dans la série Amos Daragon

Amos Daragon, porteur de masques, roman, 2003.

Amos Daragon, la clé de Braha, roman, 2003.

Amos Daragon, le crépuscule des dieux, roman, 2003.

Amos Daragon, la malédiction de Freyja, roman, 2003.

Amos Daragon, la tour d'El-Bab, roman, 2003.

Amos Daragon, la colère d'Enki, roman, 2004.

Amos Daragon, voyage aux Enfers, roman, 2004.

Amos Daragon, Al-Qatrum, hors-série, 2004.

Amos Daragon, la cité de Pégase, roman, 2005.

BRYAN PERRO

Amos Daragon, la toison d'or

LES INTOUCHABLES

Les Éditions des Intouchables bénéficient du soutien financier de la SODEC, du Programme de crédits d'impôt du gouvernement du Québec et sont inscrites au Programme de subvention globale du Conseil des Arts du Canada.

Nous reconnaissons l'aide financière du gouvernement du Canada par l'entremise du Programme d'aide au développement de l'industrie de l'édition (PADIÉ) pour nos activités d'édition.

LES ÉDITIONS DES INTOUCHABLES
2316, avenue du Mont-Royal Est
Montréal, Québec
H2H 1K8
Téléphone : (514) 526-0770
Télécopieur : (514) 529-7780
www.lesintouchables.com

DISTRIBUTION : PROLOGUE
1650, boulevard Lionel-Bertrand
Boisbriand, Québec
J7H 1N7
Téléphone : (450) 434-0306
Télécopieur : (450) 434-2627

Impression : Transcontinental
Infographie et maquette de la couverture : Benoît Desroches
Illustration de la couverture : Jacques Lamontagne
Logo : François Vaillancourt

Dépôt légal : 2005
Bibliothèque nationale du Québec
Bibliothèque nationale du Canada

ISBN 2-89549-155-0

Prologue

Des lointaines contrées d'Ixion jusqu'au royaume d'Harald aux Dents bleues, on raconte la merveilleuse histoire de Phrixos, le jeune fils du roi Athamas, et de sa sœur Hellê. Ces deux enfants, condamnés à être brûlés vifs à cause des machinations de leur méprisable belle-mère, furent sauvés du bûcher par un superbe bélier volant au pelage doré. Envoyée par les dieux à la demande de leur mère, la bête les fit grimper sur son dos et les emporta dans un royaume lointain où ils pourraient grandir en sécurité.

Arrivés à destination, pour remercier leur nouveau roi de son hospitalité, les enfants sacrifièrent le bélier et lui firent don de la peau de l'animal. Touché par ce magnifique présent, le roi fit clouer la peau à un gigantesque chêne situé au faîte d'une montagne et la plaça sous la garde d'un redoutable dragon. De jour comme de nuit, la toison d'or éclaira, tel un deuxième soleil, la terre d'accueil de Phrixos et de Hellê, et, ce faisant, contribua à faire prospérer le pays entier. En effet, sous cette nouvelle lumière, les récoltes triplèrent et le commerce extérieur atteignit des sommets jamais égalés. Cet essor prodigieux dura de longues années, jusqu'au jour où, par malheur, la toison fut volée par un habile guerrier ennemi.

Au fil des ans, le pelage sacré passa ensuite de guerrier en guerrier, leur accordant l'invulnérabilité et procurant à leurs armées respectives la protection divine. En outre, la toison d'or couvrit les épaules des plus grands rois de l'Ancien Monde et devint un objet de convoitise, de jalousie et de complots. Le dernier monarque des centaures, issu des lointaines contrées d'Arcadie, fut apparemment le dernier souverain à l'avoir revêtue avant qu'elle ne soit perdue à jamais.

La toison d'or est maintenant reléguée dans les oubliettes de l'histoire, mais on raconte cependant qu'il existe un chemin pouvant y mener. Selon la rumeur, des indices, disséminés aux quatre coins du monde, attendraient patiemment qu'on les découvre afin de révéler leur secret.

Bien sûr, tout le monde sait que l'histoire du bélier doré n'est qu'une légende et qu'il serait inutile de rechercher la toison, à moins, évidemment, d'avoir une excellente raison de la trouver...

1
Le mariage

En ce début d'automne, Berrion était resplendissante avec ses habitations qui regorgeaient de décorations extravagantes. Bientôt, on allait y célébrer un grand mariage et la ville s'était transformée pour l'occasion.

Des milliers de fines guirlandes en fleurs de papier couraient d'une maison à l'autre, couvrant d'une toiture multicolore les rues et ruelles. Le marché semblait envahi d'un excès de bonheur avec ses commerçants qui vantaient avec plus d'ardeur qu'à l'habitude la qualité de leurs produits. La fontaine de la grand-place avait été parée d'une multitude de bouquets de rosiers sauvages dont le parfum sucré embaumait toute la ville.

Sous les larges rayons de soleil qui inondaient le parc près de la petite rivière, des dizaines de femmes cousaient de grands tissus blancs qui allaient servir de nappes au banquet. Dans la cave du marchand de poteries, des musiciens avaient entamé la deuxième mesure d'une marche nuptiale et s'appliquaient à répéter méticuleusement afin d'éviter les fausses notes le grand jour venu. Les chevaliers du royaume avaient l'air détendu; ils patrouillaient dans les différents quartiers en s'amusant à mimer des combats à l'épée avec les enfants.

Aux fenêtres des maisons étaient suspendus de magnifiques pots de géraniums dont les pétales s'envolaient parfois dans le souffle du vent et retombaient en une douce pluie colorée. Sur les terrasses des tavernes, on cuisait à la broche des agneaux, des porcs et des pièces de bœuf, dont le fumet faisait saliver les passants. Aussi, de nouvelles tapisseries, achetées à grand prix aux talentueux artisans de Myon, ornaient les remparts de chaque côté de la grande porte du royaume. Partout, la joie était à son comble, car Berrion allait bientôt avoir une nouvelle souveraine. En effet, le seigneur Junos allait très bientôt se marier.

Sur les terres de Berrion, les festivités entourant le mariage étaient fortement imprégnées de traditions et de coutumes anciennes. Il était, par exemple, primordial que la mariée soit vêtue de blanc et que tous les invités à la noce portent des chapeaux. La toilette de la future épouse devait impérativement se composer d'un chemisier en lin orné de broderies d'or, aux manches et au cou, par-dessus lequel on enfilait la robe. Pour assurer le bonheur et la prospérité, ce vêtement ne devait être porté qu'une seule fois, puis être brûlé. Afin d'éloigner le mauvais sort, on déposait du sel dans les poches du marié ainsi que dans les chaussures de sa promise. Ces rites n'étaient qu'un échantillon de tous ceux que l'on devait respecter pour obtenir une cérémonie réussie.

C'est quelques semaines auparavant, après en avoir discuté très sérieusement avec Amos, que Junos avait annoncé la date de son mariage. Alors que le jeune garçon revenait de la pêche avec son ami Béorf, le seigneur l'avait fait convoquer dans la cour du château.

– Hé! je suis là, Junos! avait joyeusement lancé Amos à son retour de la pêche. Que puis-je faire pour vous?

– Ah oui… Je suis content… content de te voir, avait hésité le seigneur, visiblement nerveux. Je dois te parler de quelque chose de très important…

– Très bien! s'était exclamé le garçon, encore tout enjoué par sa promenade. Je suis tout oreilles, allez-y!

– Hummmm, c'est difficile… je ne sais pas par où commencer…

– Commencez tout simplement…

– Oui, tu as… tu as raison. Bon, voilà! Tu sais, Amos, que je vis seul depuis bien des années et que… que Berrion a été mon unique raison de vivre. J'ai dédié ma vie au bonheur de mes gens et, depuis ma première rencontre avec les fées du bois de Tarkasis, j'ai toujours essayé d'être loyal et de vivre dans l'honneur…

– Oui, je sais…, avait répondu Amos, intrigué par le ton et les propos de Junos. Et personne ne vous reproche quoi que ce soit non plus…

– Si tu le permets, je continue…, avait dit le seigneur en prenant une bonne respiration. Donc, durant toutes ces années de solitude, j'ai souvent pensé à me marier, mais je n'avais jamais rencontré personne qui… qui… qui… enfin, quelqu'un qui me chavire autant que… autant que… ta… ta… ta…

– Ta…? Ta…? Ma…? MA MÈRE?!

– Oui, Amos, exactement! Mais écoute… je ne veux pas que tu réagisses mal. Je sais que ton père était un homme exceptionnel avant qu'il ne meure ici même, sur mes terres. Sois donc certain que je respecterai toujours sa mémoire et que je ne veux pas, non plus, voler l'amour et l'affection que Frilla a pour toi… Mais je dois t'avouer que… que depuis qu'elle est revenue ici avec Sartigan… Je la trouve… Elle est splendide et je… je… je l'aime vraiment!

– Ça alors! Mais Frilla a-t-elle les mêmes sentiments que les vôtres?

– Oui, je pense bien que oui… Dans ses yeux, je vois la même flamme que celle qui brûle dans les miens. Je me décide aujourd'hui à t'en parler, car tu sembles être bien remis de tes aventures récentes et que le secret de mes sentiments envers ta mère me pesait trop… J'ai aussi craint qu'ils ne transparaissent et que cela ne te choque. J'aimerais… j'aimerais demander Frilla en mariage et faire d'elle la souveraine de Berrion! Évidemment, je… je voulais te consulter pour… enfin, pour avoir ta bénédiction.

– Mais, Junos, vous n'avez pas besoin de mon accord pour épouser ma mère! Vous êtes des adultes et si elle vous aime, tout est pour le mieux.

– Je sais, Amos, mais je désirais t'en parler, par respect pour toi. Je te dois ma nouvelle vie à Berrion et… et ce serait un grand honneur pour moi de devenir ton beau-père…

Amos était alors resté un moment silencieux. Il se rappelait un conte que lui avait narré Sartigan au sujet de deux femmes qui se disputaient la maternité d'un même bébé.

Elles se présentèrent devant un roi très sage qui eut à identifier la véritable mère. Pour ce faire, il ordonna que le bébé soit coupé en deux et qu'on en remette une moitié à chacune des deux femmes. En entendant cela, l'une d'elle s'effondra et supplia le roi qu'on laisse vivre l'enfant, quitte à ce qu'on ne le lui laisse pas, tandis que l'autre femme ne manifesta aucune émotion particulière. Le roi sut ainsi qui était la vraie mère et ordonna que le gamin lui soit confié, à elle, la femme qui préférait voir son enfant élevé par une autre plutôt que de le voir mourir. Le véritable amour, avait conclu le maître, ne consiste pas à s'approprier les gens, mais à les laisser libres.

Puis Amos s'était remémoré le dernier repas qu'il avait pris avec Aélig, pendant lequel elle lui avait déclaré que l'amour, à l'image des oiseaux, ne peut être enfermé dans une cage. Elle n'avait pas utilisé les mêmes mots que Sartigan, mais le message, lui, était identique.

« Il est possible d'avoir plusieurs pères et mères dans une même vie, avait songé Amos. Je peux très bien demeurer le fils d'Urban et considérer, en même temps, Junos comme un père. Frilla est libre de ses sentiments et je n'ai pas le droit de la priver de l'amour d'un autre homme. »

– Vous savez, Junos, mon père aimait profondément ma mère et il voulait par-dessus tout son bonheur. Maintenant qu'il n'est plus là, il est normal que ma mère désire partager sa vie avec un nouveau compagnon et je suis certain qu'il n'existe pas un meilleur homme que vous sur tout le continent. Je sais que vous la rendrez heureuse, Junos…

– Ah! merci, merci beaucoup, avait répondu Junos en essuyant une larme. Je te jure que tu n'auras pas à t'en faire pour elle.

– Oui, je sais, Junos, je sais…

Amos et Junos s'étaient serrés l'un contre l'autre, puis le seigneur était allé faire sa demande à Frilla. À genoux, il lui avait présenté un anneau d'or dans un écrin de soie. Et elle avait dit oui, tout de suite. Fou de joie, Junos avait fait annoncer l'événement par son crieur public la journée même.

– Gentes dames! Preux chevaliers! Artisans et marchands de Berrion!!! avait-il lancé aux quatre coins de la ville. Je proclame, par cette missive, que dans trois semaines, jour pour jour, auront lieu, sur la place publique de la ville, les cérémonies du mariage du seigneur Junos et de dame Frilla Daragon! Ils convoleront en justes noces devant vous afin que tous puissent contempler avec fierté la beauté de leur nouvelle souveraine. Trois jours de festivités sont prévus à Berrion dont un tournoi de chevaliers, des épreuves de force ainsi que le traditionnel concours de gâteaux qui honorera, encore cette année, la meilleure cuisinière du royaume! Toute la population est donc invitée à célébrer sa joie et à décorer maisons, rues et commerces pour l'occasion!

Voilà pourquoi la ville s'était faite belle en attendant les grandes réjouissances.

Au château de Junos, les préparatifs allaient aussi bon train et, dans les couloirs du palais, on s'activait fébrilement.

— Regarde, Médousa, dit Béorf en s'amenant avec le menu du banquet nuptial. Il y aura du canard, du sanglier, de la volaille et du porc grillés. En plus, le cuisinier du château préparera son exquis pâté en croûte et son incroyable ragoût de bœuf. Et regarde-moi la liste des fromages! Wow! j'en ai déjà l'eau à la bouche!

— Écoute ceci, Béorf: j'ai été choisie comme demoiselle d'honneur tout comme Lolya, lui annonça la gorgone qui ne tenait plus en place. Nous porterons les fleurs et j'aurai, sans doute, une toilette somptueuse!

— C'est évident que le chef se surpassera! Nous dégusterons les meilleurs plats jamais cuisinés…, ajouta Béorf qui n'avait pas écouté son amie.

– C'est merveilleux parce que les gens de Berrion m'acceptent de plus en plus… Je leur inspire moins de crainte et plusieurs d'entre eux osent même m'adresser la parole ! Je pense bien que je pourrai gagner définitivement leur confiance lorsqu'ils verront que je suis demoiselle d'honneur…, fit Médousa, trop excitée pour se rendre compte que Béorf n'écoutait pas plus qu'elle.

– Toute une ripaille en vue ! se réjouit Béorf, toujours dans le menu. Si tu savais comme j'espère être choisi comme juge pour le concours de gâteaux !

– Être demoiselle d'honneur est un véritable privilège…, poursuivit la gorgone, visiblement émue. J'en suis toute chamboulée…

– Chamboulé ? Oh ! oui, je le suis ! répliqua Béorf, mais toujours au sujet du banquet. Ce sera une fête magnifique !

– Oh ! Béorf… comme je suis contente de te voir si heureux pour moi !

– Mais c'est parce que je crois qu'il n'y a rien de plus jubilatoire ! s'exclama le gros garçon en continuant son chemin.

« Rien de plus jubilatoire qu'être demoiselle d'honneur ? pensa Médousa, tout de même attendrie par la remarque. Comme il est surprenant, ce Béorf!… »

Les cuisines ressemblaient à une vraie fourmilière.

– Bon Dieu, la farine! Mais où est donc la farine de manioc? s'énerva le chef.

– Devant vous, lui répondit timidement l'un des cuistots.

– Devant moi? Ah oui! J'étais pourtant certain que…

– Rappelez-vous qu'il faudra nourrir toute la population de Berrion! lui lança Junos par-dessus l'épaule. Vous avez besoin d'aide?

– Sauf votre respect, seigneur, rétorqua le chef, vous commencez à être pénible! Je suis las de vous avoir constamment sur les talons. Laissez-moi donc mes chaudrons et je jure que vous ne serez pas déçu!

– Mais si je vous aidais un tout petit peu…, insista Junos. Je sais faire d'excellentes crêpes, vous savez!

– DEHORS! se fâcha le chef. Vous gouvernez Berrion et, moi, je dirige les cuisines! Qu'on raccompagne le seigneur et qu'on allume le deuxième four! Mais… mais où est la farine de manioc? Il me semble qu'elle était là… juste là!

– Devant vous, chef! dit un autre cuisinier qui passait derrière.

– Mais oui… bien sûr… devant moi…

Dans la chambre de Frilla, trois couturières s'affairaient à préparer la robe nuptiale.

– Vous serez magnifique! s'exclama Lolya qui aidait les artisanes dans leur tâche.

– Tu es gentille, merci beaucoup, répondit Frilla en se contemplant dans le miroir. Regardez, le jupon dépasse un peu…

– Vous avez raison, approuva la couturière en chef. Ne bougez pas, je vais mettre une épingle.

– Je suis si nerveuse, continua la future mariée. J'espère que tout se déroulera bien… Lolya, j'aimerais que tu restes près de moi durant les célébrations. Je ne veux surtout pas t'ennuyer, mais j'aurai besoin de toi pour me rassurer. Et si la population de Berrion ne m'acceptait pas?

– Mais tout le monde vous adore déjà! lui assura la jeune Noire. Vous serez à la hauteur, ne vous en faites pas…

– Et Amos? demanda Frilla. Qu'est-ce qui me dit qu'il n'est pas trop perturbé? Tu sais, j'ai parfois l'impression de le trahir… ainsi que… ainsi que… Urban, mon défunt mari.

– Mais pas le moins du monde ! lança Lolya. Amos ne désire qu'une chose et c'est votre bonheur. Quant à Urban, là où il se trouve, il souhaite aussi vous voir heureuse.

– Merci, Lolya, tes paroles me font du bien…

– Veuillez essayer ceci, je vous prie, dit une couturière en lui présentant un haut col.

– D'accord, voilà ! Et Junos ? Tu ne le trouves pas trop vieux, Junos ?

– Trop vieux ? répéta Lolya en pouffant. C'est vrai qu'il a davantage de blanc que de brun dans la barbe !

– S'il devenait bientôt gâteux, fit la future épouse en rigolant à son tour, je l'enverrai danser avec les fées au bois de Tarkasis et il me reviendra vingt ans plus jeune !

À l'extérieur, tout près des écuries, Amos et Sartigan avaient une solide discussion.

– Mais c'est très déplaisant, maître Sartigan, se plaignit Amos. Vous devez faire quelque chose !

– Je refuse.

– Mais je vous jure que c'est nécessaire ! L'odeur devient de plus en plus insupportable !

– L'élève n'a pas de leçon à donner au maître, s'entêta le vieillard.

– Le problème, c'est que vous avez peur…

– Je n'ai peur de rien! Est-ce que je crains les spectres et les dragons? NON! Je suis…

– C'est faux, maître Sartigan, et vous le savez très bien, rétorqua Amos. Vous avez peur de l'arracheur de dents!

– C'est idiot ce que vous dites là…

– Vous avez trois dents complètement pourries et, à cause d'elles, vous avez mauvaise haleine! Je ne veux pas que les gens vous fuient, encore moins le jour du mariage de ma mère. Je vous répète que vous devez vous les faire enlever!

– Jamais ce tortionnaire ne mettra ses instruments dans ma bouche! De toute façon, je… je n'irai pas à la fête…

– Vous préférez peut-être vous cacher dans les écuries où vous pouvez plus facilement masquer votre puanteur? N'essayez même pas, car même les chevaux n'endurent plus votre odeur fétide! Je les ai entendus qui complotaient pour vous mettre à la porte!

– Très, très drôle… très drôle. Vous seriez, cher élève, excellent dans un numéro de troubadour, excellent!

– Ne changez pas de sujet, maître! N'est-ce pas vous qui m'avez dit un jour que le sage change d'avis, mais que le sot s'entête?

– Je ne me le rappelle pas, mentit Sartigan, de plus en plus contrarié.

– Vous m'avez également enseigné que l'homme doit apprendre au grincheux à sourire et au peureux à agir, parce que les plus grands défis consistent à aller contre nos habitudes.

– Aucun souvenir, grogna le maître, franchement embêté.

– Vous m'avez aussi appris qu'on ne peut vivre qu'en dominant ses peurs, pas en refusant le risque d'avoir peur!

– Bof…, fit le vieillard en haussant les épaules.

– Il y a trois choses que les hommes ne peuvent regarder en face: le soleil, la mort et l'arracheur de dents… Elle est de vous, celle-là, non?

– …

– Devant la peur, il y a trois sortes d'hommes: ceux qui…

– TRÈS BIEN! s'écria Sartigan. J'ai compris… J'ai compris! Je déteste les élèves qui ont de la mémoire! Vous devriez avoir honte, jeune homme, de torturer ainsi un vieillard… Vous allez devenir un vieux gâteux qui prétend avoir toujours raison.

– Alors? Ces dents? C'est oui?

– Demain! J'irai demain…

– Je serai ici à la première heure pour vous accompagner, dit Amos, enfin satisfait. Mais surtout pour m'assurer que vous irez au bout de votre promesse.

– C'est cela, au revoir! conclut Sartigan. Laissez-moi à mon cauchemar maintenant…

Après des semaines de préparatifs, c'est en grande pompe que le mariage fut enfin célébré sur la place publique de Berrion. Toute la ville était présente pour partager avec son seigneur l'extraordinaire moment. Les mariés furent accueillis au son d'une vingtaine de trompettes et prononcèrent leurs vœux devant une foule émerveillée. La cérémonie fut interrompue par l'arrivée d'une délégation de fées avec, à sa tête, la reine Gwenfadrille en personne. Pour la première fois de son règne, cette dernière avait quitté la sécurité de sa forêt pour se mêler aux humains. Leur apparition fut acclamée par les gens qui, d'abord surpris, furent vite charmés par la grâce de ces êtres fantastiques. Les fées prirent aussi part aux célébrations en se mêlant aux troubadours et aux ménestrels. À un moment, elles firent pleuvoir sur la ville des milliers de petites fleurs jaunes et invitèrent tout le monde à se joindre à leur danse. Dans une ronde endiablée, les danseurs devinrent si légers qu'ils s'élevèrent de quelques mètres dans les airs. Puis ce fut au tour des spectateurs de goûter à l'apesanteur! Pendant de trop courtes minutes, tout ce qui se trouvait sur la place fut emporté dans un tourbillon et fit un large tour au-dessus de la piste. Finalement, couverts, chaises, tables et nourriture regagnèrent leur position d'origine, et les fées déposèrent délicatement le public qui, pourtant, en redemandait dans une manifestation joyeuse.

Au banquet, Béorf s'empiffra de poulet rôti à la sauce aux framboises, de ragoût de bœuf et de gâteaux aux petits fruits des champs. Amos, lui, dansa quelques saltarelles avec Gwenfadrille et s'amusa follement en compagnie de ses amies les fées. Médousa, quant à elle, gagna la confiance de tous les habitants de Berrion et autorisa bien des curieux à tâter sa chevelure. De son côté, Lolya fut une demoiselle d'honneur exemplaire et demeura au service de Frilla pendant toute la durée des festivités. Même Sartigan parut bien s'amuser malgré la douleur que lui occasionnait l'extraction de ses trois dents. Les premières célébrations prirent fin au petit matin afin que chacun regagne son logis pour y dormir quelques heures avant le tournoi de chevaliers qui aurait lieu l'après-midi.

C'est à ce moment que, sous les ordres de Junos, les gardiens libérèrent les moines prisonniers et les conduisirent aux frontières du royaume. Les trois malfaiteurs de l'abbaye de Portbo, ceux-là mêmes qui avaient tenté de tuer Junos, aperçurent en quittant le château une jeune fille noire qui portait une étrange dague à sa ceinture. Tout de suite, ils devinèrent qu'ils venaient de repérer l'arme que le grand prêtre attendait sur l'île d'Izanbred! En effet, il s'agissait sans doute de la dague tant convoitée des adorateurs de Baal ainsi que de sa précieuse gardienne.

Les trois hommes quittèrent le royaume de Berrion, mais, la nuit venue, ils rebroussèrent chemin.

2
L'enlèvement de Lolya

Les trompettes annonçant le début du grand tournoi des chevaliers venaient à peine de résonner dans Berrion quand Amos arriva à l'estrade. Béorf et Médousa lui avaient justement réservé une place ainsi qu'à Lolya.

– AMOS! PAR ICI! lui cria Béorf afin d'attirer son attention.

– HÉ! J'ARRIVE! répondit-il en se faufilant parmi les spectateurs.

– Lolya n'est pas avec toi? lui demanda Médousa lorsqu'il parvint enfin à eux.

– Ah! non…! Je ne l'ai pas vue. Il faut dire que je viens de me lever. J'ai tellement bien dormi… J'étais trop épuisé!

– C'est bizarre! dit la gorgone. Lolya m'avait pourtant bien assurée qu'elle nous rejoindrait pour le tournoi. Je me demande ce qui l'aura fait changer d'idée?

– Elle est peut-être encore au lit, supposa Béorf. Ou bien peut-être qu'elle est partie cueillir des herbes dans les bois? On ne sait jamais…

— Non, je ne crois pas qu'elle aurait délibérément manqué le rendez-vous, surtout avec Amos présent, murmura Médousa pour elle-même.

— Pardon, que dis-tu? demanda Amos qui aurait juré avoir entendu prononcer son nom.

— Rien, je pensais à voix haute, c'est tout… Je trouve quand même bizarre… Je vais aller voir dans sa chambre!

— Mais tu vas manquer le début du tournoi! ronchonna Béorf.

— Je reviens tout de suite!

— Pff, les filles! continua le gros garçon. Toujours à s'inquiéter pour des riens!

— Tu as raison, Médousa la trouvera endormie dans sa chambre, répliqua Amos. Alors, Béorf, quelles sont tes prédictions pour le tournoi?

— Ouf! difficile à dire… Je crois que Sir Guèvrot va nous surprendre!

— Je ne suis pas d'accord, il est trop lent; Sir Lièveron a beaucoup plus de chances de…

— Grosse erreur, cher Amos! On voit bien que tu connais mal les jeux de lances. Sir Lièveron n'a AUCUNE chance!

– Je te parie deux pièces d'or sur lui! le défia Amos, sûr de lui.

– Pari tenu! conclut Béorf en se frottant les mains. Je n'aurai jamais gagné deux pièces d'or aussi facilement!

Sur les terres des quinze royaumes, devenir chevalier n'était pas une mince affaire. D'abord valet, l'aspirant devait être pris en charge par un preux et se mettre à son service. Ce n'est qu'après de longues années de dévouement qu'il recevait, sur la recommandation de son parrain, le titre d'apprenti chevalier que lui remettait le seigneur, accompagné d'une épée et d'un baudrier de cuir. Il devait alors accomplir dans les années suivantes un acte héroïque, faire valoir ses talents de combattant et montrer des qualités exceptionnelles de cœur ou d'esprit pour enfin mériter le titre officiel de chevalier.

Le code de la cavalerie du royaume des quinze était très strict et quiconque en dérogeait s'exposait à de sérieuses représailles. Il y avait dix commandements à respecter:

1) Croire en son seigneur;

2) se dévouer entièrement à son seigneur et défendre à tout prix son pavillon;

3) avoir le respect des plus faibles et s'en faire le défenseur;

4) protéger sa patrie, ses terres et ses habitants ;

5) ne jamais reculer devant l'ennemi ;

6) mener une guerre permanente aux opposants de l'union des quinze royaumes ;

7) se soumettre aux différentes lois régissant chacun des territoires des quinze royaumes ;

8) ne jamais mentir et rester fidèle à sa parole ;

9) demeurer toujours courtois et généreux ;

10) devenir, partout et en tous lieux, le champion de la justice et de la loyauté.

De ces dix commandements étaient nées une foule d'autres règles, non écrites, mais qui avaient aussi leur importance. Par exemple, le chevalier devait toujours être au meilleur de sa forme afin d'être prêt, à tout moment, à prendre les armes. Et sa vivacité d'esprit devait au moins égaler sa vigueur afin que la raison lui serve de rempart pour éviter de basculer dans la barbarie ou le désordre. Il se devait de contrôler ses sentiments haineux et sa colère afin de toujours demeurer maître de lui-même. Par ailleurs, pour le bien du royaume, on attendait de lui qu'il partage ses richesses avec son seigneur et qu'il fasse constamment preuve de largesse envers les paysans et de courtoisie envers les femmes. Appliquer la justice sans y mêler ses intérêts personnels, faire preuve sans relâche de courage et d'humilité devant ses faits d'armes, voilà ce que devait faire un chevalier accompli du royaume des quinze.

Le tournoi se divisait donc en plusieurs compétitions où le tir à l'arc, le combat à l'épée et la lutte côtoyaient des épreuves de force et d'adresse. Mais ce que les spectateurs attendaient avec impatience, c'était la joute! En effet, cette épreuve où le chevalier, lance en avant et galopant à vive allure, devait renverser son adversaire avait incontestablement la préférence du public. Chaque royaume avait son champion, ainsi que ses aspirants au titre, et envoyait, d'une capitale à l'autre, ses meilleurs hommes pour le représenter. Les chevaliers de la lumière de Bratel-la-Grande avaient une équipe forte, composée de grands gaillards solides comme des chênes. Quant aux concurrents venus de Grands-Vallons, ils étaient plus petits, mais ils jouissaient d'une incomparable souplesse leur permettant d'esquiver les plus brutales attaques. Ceux de Lavanière étaient coriaces et entêtés, alors que les hommes de Myon, moins entraînés, mangeaient de surcroît comme des ogres durant les banquets qui précédaient le tournoi, ce qui avait pour conséquence de les faire jouter mollement. Les chevaliers de Berrion avaient une bonne réputation, mais n'avaient jamais rien gagné. Cette fois, ils espéraient bien remporter quelques prix afin d'honorer leur seigneur, sa nouvelle épouse et leurs supporteurs.

Cependant, la joute commençait mal pour les troupes de Junos, avec un de leurs meilleurs cavaliers qui venait d'être renversé.

– Crois-tu que Berrion arrivera à se démarquer, cette fois ? demanda Béorf à Amos en se rongeant les ongles.

– Nous avons une bonne équipe, mais visiblement les hommes de Bratel-la-Grande ont beaucoup plus d'expérience !

C'est à ce moment que Médousa reprit sa place dans l'estrade.

– Elle n'est pas dans sa chambre et les servantes disent qu'elle n'est pas rentrée ce matin, dit-elle, essoufflée et très inquiète. Personne ne sait où elle se trouve !

« Ce n'est pourtant pas son genre de partir ainsi sans en aviser personne », songea Amos.

– Croyez-vous qu'il lui est arrivé quelque chose ? demanda Béorf, devenu soucieux à son tour.

– Je ne sais pas, répondit la gorgone. Mais ça me préoccupe énormément…

– Il faut agir vite! décida le porteur de masques. Divisons-nous pour les recherches… Béorf, comme tu cours très vite lorsque tu te transformes en ours, tu peux couvrir beaucoup de territoire en peu de temps. Tu ratisseras donc les bois autour de Berrion.

– D'accord!

– Médousa, continua Amos, je te laisse la partie nord de la ville et, moi, je prends la partie sud! Retrouvons-nous tous les trois en face de l'écurie de Sartigan à la tombée du jour. J'espère que, d'ici là, un d'entre nous l'aura retrouvée! Entendu?

– Oui, allons-y! lança la gorgone en se levant.

– À plus tard! fit Béorf en suivant ses amis.

Chacun de leur côté, les trois compagnons menèrent consciencieusement leurs recherches. Amos interrogea des passants, mais aucun ne put lui fournir d'indices pour retrouver Lolya. Il aurait aimé parler aux commerçants du marché et aux aubergistes, mais ils assistaient tous à la joute. Seul le vieux maréchal-ferrant était présent. Il n'avait pas vu Lolya, mais il se plaignit du vol de trois de ses plus beaux chevaux.

De son côté, Médousa décida de survoler le nord de Berrion. Pour ce faire, elle monta à la plus haute tour du château, déploya ses ailes et se lança dans le vide. Portée par des vents chauds, la gorgone plana longtemps au-dessus de la ville en scrutant une à une les rues et les ruelles. Elle eut même le temps, avant de se poser, d'observer la forêt voisine, mais elle n'y trouva non plus aucune trace de son amie.

Quant à Béorf, il s'efforça aussi de couvrir le plus de terrain possible. Même avec tous ses sens en alerte, ses recherches demeurèrent vaines jusqu'à ce qu'il aperçoive une abeille posée sur une étrange fleur dorée. Il se pencha pour l'observer, tâta de son museau la petite plante et se rendit compte bien vite qu'il s'agissait en réalité d'une des boucles d'oreilles de Lolya. Il la prit soigneusement entre ses dents d'ours et décida de suivre la route de l'est en direction d'Olilie et de Grands-Vallons. À quelques lieues de là, il découvrit un bout de tissu du vêtement de la nécromancienne. Dans son esprit, il n'y avait plus de doute : Lolya leur avait donné une piste à suivre !

Comme prévu, Amos, Béorf et Médousa se retrouvèrent plus tard en face de l'écurie de Sartigan et firent le point sur leurs recherches. Le vieux maître, encore très souffrant de son passage chez l'arracheur de dents, les interpella un peu rudement. Sa mauvaise haleine avait fait place à une humeur massacrante.

– Cessez de piailler ainsi, leur dit-il. Laissez-moi dormir, j'ai besoin de repos.

– Désolé, maître Sartigan, fit Amos. Nous ne pensions pas vous déranger. C'est que Lolya a disparu et…

– Disparu? Lolya? demanda le vieillard, surpris.

– Disparu, oui, répéta Amos. Nous la cherchons depuis cet après-midi. D'ailleurs, Béorf a trouvé une de ses boucles d'oreilles et un morceau de sa robe sur la route de l'est. Probablement qu'elle a été enlevée…

– Pff! pas étonnant! pesta le maître. Dans sa grande clémence, Junos a gracié les trois prisonniers qui ont tenté de l'assassiner…

– Qu'est-ce que vous racontez? s'écria Béorf, les yeux tout écarquillés. On a voulu tuer Junos? Et maintenant on s'en prend à Lolya?

– Personne ne vous a dit ce qui s'est passé durant votre absence?

– Mais non! répondit Amos, interloqué. Expliquez-nous vite…

Sartigan raconta comment il avait empêché cinq moines d'éliminer le seigneur et ce que l'interrogatoire des trois survivants leur avait appris. Il leur parla ensuite de son enquête dans le donjon de Bratel-la-Grande, puis il leur fit part de ses conclusions :

– En somme, l'histoire est assez simple. Barthélémy veut devenir le prochain roi des quinze royaumes et il a essayé de se débarrasser de Junos, son principal rival. Sous un faux prétexte, il a envoyé des moines adorateurs du culte de Baal en leur faisant croire qu'en tuant notre seigneur, ils pourraient ensuite libérer de ses prisons le porteur d'une extraordinaire dague. Malheureusement pour eux, ils se sont fait berner !

– Mais Barthélémy ne peut certainement pas être capable d'une telle ignominie ! déclara Béorf, interdit.

– Hum, la dernière fois que nous l'avons vu, c'était sur la route d'El-Bab…, rapporta Médousa. Il nous a quittés pour prendre la route menant à la ville du roi Aratta et j'aurais cru qu'il avait péri dans l'une des malédictions d'Enki…

– On dit qu'il est revenu seul de ce voyage, reprit Sartigan, et qu'il a toujours refusé de parler de ce qui lui était arrivé. Par contre, j'ai découvert, en parcourant son donjon, qu'il est à la recherche de la toison d'or… J'ai même dérobé l'un de ses livres. Tenez, le voilà.

— Il est à la recherche de quoi? fit Béorf en saisissant le bouquin.

— De la toison d'or, répondit Amos. Il s'agit d'une cape légendaire qui assure l'invincibilité à son porteur. Mon père m'a souvent raconté son histoire…

— Barthélémy a l'intention de diriger une grande croisade contre le mal, précisa le vieux maître. Ses actes lui seraient dictés par une déesse…

— Et Junos est-il au courant de cette affaire? demanda Amos.

— Oui, mais il refuse de croire aux mauvaises intentions de Barthélémy…

— Mais, en attendant, tout cela n'explique pas pourquoi Lolya aurait été enlevée, songea Béorf à voix haute.

— Je sais! s'écria Amos. La dague! La dague que j'ai rapportée des Enfers appartenait à Baal et j'en ai fait cadeau à Lolya. Les moines l'auront aperçue, trouvant donc ce qu'ils étaient venus chercher! Je parie que ce sont eux qui ont enlevé Lolya…

— Excellente déduction, approuva Sartigan épaté.

— Supposons que tu aies raison, comment faire pour la retrouver maintenant? questionna Médousa.

– L'interrogatoire nous a révélé que ces religieux sont de l'abbaye de Portbo, sur l'île d'Izanbred, à l'ouest du continent, dit Sartigan. Trouvez le duché de Goëleu, dans la baie de Brieuc, et vous leur mettrez la main au collet.

– Je suis d'accord! Si vous l'êtes aussi, ramassons nos affaires et partons immédiatement à sa recherche! lança Médousa à Béorf et à Amos. Nous pourrons peut-être même les intercepter en chemin!

– Oui, empruntons des chevaux à Junos! ajouta Béorf. En galopant sans arrêt, nous réussirons à rattraper notre…

– Non, je crois avoir une meilleure idée! l'interrompit Amos.

Le garçon ferma les yeux et concentra ses pensées sur le masque de l'air. Il prononça quelques paroles incompréhensibles et une bourrasque s'agita à l'intérieur de l'écurie. Des hennissements retentirent et trois magnifiques étalons sortirent du bâtiment. Les bêtes, translucides et vaporeuses, étaient entièrement constituées d'air et de vapeur. Tels des spectres, les animaux magiques s'avancèrent jusqu'au porteur de masques et firent une révérence.

– Mais… mais…, balbutia Béorf. Je n'arrive pas à le croire!

– Durant mon entraînement avec Sartigan, expliqua le porteur de masques, j'ai découvert qu'en me servant de mes pouvoirs sur l'air, je pouvais calquer des êtres vivants et leur donner vie. C'est ce que je viens de faire avec ces chevaux... Nous voyagerons deux fois plus vite !

– Wow ! s'exclama Médousa. Et pour combien de temps en disposons-nous ?

– Pas très longtemps, une journée tout au plus, répondit Amos. J'ai déjà fait l'expérience sur un chat : il a disparu avec la rosée du matin.

– Alors, ne perdons pas de temps ! trancha Béorf en sautant sur l'une des bêtes. Lolya a besoin de nous !

– Soyez prudents, leur cria Sartigan avant de les voir disparaître au loin.

3
Le roi des faunes

À la suite de son investigation pour mettre la main sur la toison d'or, Barthélémy avait ordonné à une centaine de ses chevaliers de se tenir prêts à partir. Un jeune moine du nom de Zacharia, qui s'était déjà surpassé dans l'étude de textes anciens, avait découvert une piste à suivre. Dans la phrase « *musiquE Allègre et Fanon Du chaGrin* » était apparemment dissimulé un code musical qui, interprété par la flûte du roi des faunes, libérerait son secret. Ravi de cette première découverte importante, le seigneur de Bratella-Grande avait quitté avec ses hommes la capitale et fait affréter un grand bateau de guerre en direction de Tounis, port marchand de la république des paysans du sud. Ils avaient ensuite poursuivi leur chemin en galopant vers le plateau des Dérives où, sous les oliviers sauvages, vivait l'étrange peuple des faunes.

Ces petites créatures aux longues oreilles pointues avaient la taille d'un jeune humain d'environ dix ans. Très poilus, les faunes ressemblaient à des chèvres avec leurs pattes de bouc et leurs deux minuscules cornes sur l'avant de la tête. Pour accentuer la ressemblance, ils portaient la barbichette et avaient aussi une queue de bique très fournie.

– Vous devez faire très attention, seigneur, avait prévenu le jeune moine Zacharia. Les dévotions au culte de Faunus en font des êtres pacifiques, mais ils sont prêts à défendre chèrement leur paix. En effet, mes études confirment qu'ils peuvent devenir brutaux et imprévisibles s'ils se sentent menacés. Si vous en voyez un porter une flûte à ses lèvres, bouchez-vous immédiatement les oreilles ! C'est ainsi qu'ils envoûtent leurs ennemis et qu'ils les plongent dans un coma d'extase qui leur est fatal.

– Très bien, Zack ! lui avait répondu Barthélémy. J'avertirai mes hommes afin qu'ils demeurent vigilants. Je te jure qu'aucun de ces petits monstres n'aura le temps d'utiliser sa flûte. Ne t'inquiète pas, tout ira bien ! Retourne dans tes livres et concentre-toi sur la toison d'or, c'est trop important…

Le seigneur avait évidemment un plan pour faire venir à lui le roi des faunes. Comme tous les autres peuples du continent, ces créatures avaient aussi des petits et ils ne risqueraient sans doute pas leur vie. La solution était alors assez simple. Il lui fallait kidnapper de jeunes faunes et exiger du roi qu'il se présente devant lui sous peine de les voir massacrés. Barthélémy pourrait ainsi contraindre le souverain à jouer sur sa flûte le code musical caché dans la phrase « *musiquE Allègre et Fanon Du chaGrin* ».

C'est nourri de cette pensée que le seigneur de Bratel-la-Grande avait fait établir son campement aux abords du plateau des Dérives et qu'il avait divisé ses chevaliers en une dizaine d'escadrons. Avec la mission d'enlever le plus grand nombre d'enfants possible, les troupes étaient parties à travers les plateaux rocheux. Les hommes avaient été prévenus des dangers potentiels que pouvaient représenter ces petits êtres à l'air inoffensif et s'étaient vu accorder l'autorisation de tuer quiconque constituerait une menace. Le seigneur les avait aussi convaincus que les faunes étaient une race inférieure à l'humain et que, de ce fait, ils devaient se soumettre à l'homme sans poser de questions. Ce peuple de bergers et d'agriculteurs était manifestement une création du mal, et leur ressemblance avec l'espèce caprine prouvait leurs liens avec les puissances obscures. C'est donc gonflés à bloc que les chevaliers s'étaient lancés dans les landes rocailleuses avec la certitude de contribuer au triomphe du bien sur la Terre.

Plus tard, les escadrons étaient revenus avec des dizaines de jeunes prisonniers. Plusieurs troupes avaient même pillé des fermes et incendié des oliveraies afin d'envoyer un message clair au roi des faunes. En procédant aux enlèvements, les chevaliers avaient bien informé les parents que, pour revoir leurs petits, ils devaient demander à leur roi de se présenter, avec sa flûte magique, devant le seigneur de Bratel-la-Grande, à la frontière nord de leur royaume. Sans quoi, leur progéniture serait mise à mort et les cadavres, abandonnés aux vautours et aux chacals, nombreux dans les environs.

Le message avait été entendu: le roi des faunes se présenta exactement deux jours après le grand rapt, comme l'avait souhaité Barthélémy. Flûte à la main, vêtu d'une cape de laine ridicule et coiffé d'une couronne de branches d'olivier, il arriva seul. On l'amena brutalement devant le seigneur et, sous les rires moqueurs des chevaliers, le petit humanoïde aux poils hirsutes prit la parole :

– Par Aventin, par Viminal et par Littoralis, que me veux-tu, humain ?

– Je désire que tu joues de la flûte pour moi.

– Alors, très bien ! lança le faune sans hésitation.

Il porta derechef son instrument à ses lèvres avec l'intention de plonger toutes ces brutes dans un sommeil éternel.

– ATTENTION ! le prévint Barthélémy en dégainant son arme. Tu joues une seule note maintenant et je te tranche la tête, petit démon !

– Mais… par Simius et par Gamus ! Ne viens-tu pas de me demander de jouer ?

– Si, mais tu ne joueras pas n'importe quoi ! précisa le seigneur. Je ne suis pas stupide, je connais les pouvoirs de ton peuple… Tu interpréteras ce que mon assistant, ce jeune moine à ma droite, te donnera… Mais, avant, dis-moi quel est le nom exact de ton instrument de musique.

– Mais par Guiol, pourquoi donc ?

– Réponds-moi ! C'est un ordre !

– Par Fiolé, par Juki et par Woo ! Qui es-tu pour me commander de la sorte ? Ne suis-je pas le roi, ici ? Et ne sont-ce pas là mes terres et, là-bas, les enfants de mon peuple que tu tiens ficelés comme des saucissons, infâme humain ?

– Suffit ! Réponds à ma question : comment se nomme ton instrument ?

– Par Gauli ! Et si je refusais de te divulguer le nom de l'instrument sacré du peuple des faunes ?

– Alors, je ferais tuer un de ces petits, s'amusa Barthélémy tout en observant la réaction de la petite créature.

– Mais, par Julu ! Tu n'irais pas jusque-là ?

– Ah non ? Regarde bien ceci, dit le seigneur en ordonnant à l'un de ses hommes de tirer une flèche au hasard parmi les jeunes prisonniers.

– NON ! PAR GOL, ARRÊTE ! hurla le petit roi. Mon instrument se nomme le Fanon du Chagrin… Tu es satisfait maintenant ?

– Oui, je le suis, en effet…

Le jeune moine s'avança alors vers le roi des faunes et lui présenta un bout de papier sur lequel était écrit « *musiquE Allègre et Fanon Du chaGrin* ». Le souverain se raidit et se mordit la lèvre inférieure. Il était visiblement en colère, ce qui n'empêcha pas le moine d'expliquer :

– J'aimerais bien que vous jouiez *allegro*, les notes qui sont camouflées dans cette phrase. Il s'agit d'un code où le « E » est la note *mi*, le « A » équivaut à *la*, « F », à *fa*, « D », à *ré,* et « G », à *sol*…

– Par Utre! Je sais lire la musique! Me crois-tu stupide?

– Non… non, balbutia Zacharia. Désolé, je ne voulais pas vous offenser…

– Alors, tu joues maintenant? s'impatienta Barthélémy.

– Par Munis! Libérerez-vous les enfants?

– Si je suis satisfait de ta performance et que j'obtiens ce que je désire, alors, peut-être bien…

– Par Vulgaris! Tu n'es qu'un sale voleur, ignoble humain!

– Moi, un sale voleur? répéta le seigneur, surpris. Pourquoi voleur?

Barthélémy fit signe à Zacharia de s'approcher.

– Pourquoi me traite-t-il de voleur? lui murmura-t-il à l'oreille.

– Je ne sais pas… Vraiment, je…

Contrarié, le chèvre-pied joua, malgré tout, les cinq notes sans regarder le papier. Dès qu'il eut soufflé la dernière note, un impressionnant trésor composé de pierres précieuses, de pièces d'or, de bijoux et d'autres objets d'une valeur inestimable se matérialisa autour du roi.

– Par Sulk! Vous vouliez le trésor du peuple des faunes, eh bien, le voilà! Vous êtes contents maintenant?

Les chevaliers, les yeux exorbités et le souffle coupé, demeurèrent paralysés devant tant de richesses. Il y avait là de quoi faire vivre chacun d'eux comme un pacha jusqu'à la fin de ses jours. Deux ou trois minutes s'écoulèrent dans un silence béat.

– Par Faunus, allez-vous enfin dire quelque chose? Libérez-vous les enfants?

– Les enfants!? fit Barthélémy en reprenant ses esprits. Oui… oui, en échange de ce trésor, nous libérerons les enfants…

– Excusez-moi, seigneur, dit Zack en s'approchant de lui, nous n'avons pas besoin de prendre avec nous le trésor… Ce que nous cherchons s'y trouve certainement caché. Il me suffirait de quelques heures pour fouiller le tout et…

– Ferme-la, bavard! grogna le seigneur. Nous allons embarquer ce trésor sur le navire où tu effectueras à nouveau tes recherches. Et lorsque tu auras trouvé ce que nous cherchons, je le rendrai peut-être à notre nouvel ami…

– Par Nuil! Allez-vous libérer les enfants, oui ou non?

– LIBÉREZ LES ENFANTS! hurla le seigneur, agacé. ENSUITE, SAISISSEZ LE TRÉSOR!

– Par Walj! Ceci ne vous appartient pas! Ne connaissez-vous pas la puissance des faunes? Croyez-vous que nous ne réagirons pas?

– ARCHERS! ordonna le seigneur. DÉBARRASSEZ-MOI DE CE MINUS!

Une trentaine de flèches fendirent l'air et transpercèrent le corps du pauvre petit roi. Après avoir été libérés, les enfants se mirent à courir dans tous les sens afin de fuir le plus vite possible, mais ils assistèrent, malgré eux, à l'assassinat de leur souverain. Ils se rappelleraient éternellement que leur chef avait sacrifié courageusement sa vie pour les sauver et jamais ils n'oublieraient les vilenies dont les humains étaient capables. Cette journée funeste allait changer pour toujours leur conception des rapports interraciaux. À compter de ce jour, ils devraient renforcer les frontières de leur royaume et ne pas hésiter à chasser quiconque voudrait y pénétrer.

– Zacharia! cria le seigneur. Ramasse sa flûte, nous l'emportons avec nous…

– Je ne veux pas vous contrarier, maître, répondit le moine, mais cet objet est d'une telle importance pour les faunes… Bien sûr, il s'agit d'un objet magique, mais sa symbolique religieuse prime sur tout ce…

– ZACK! aboya Barthélémy. Je t'ai dit de prendre l'instrument! Ne m'oblige pas à le répéter…

– Très bien… Pardon… Je voulais seulement vous informer…

– Je sais, Zack…, fit le chevalier en soupirant. Je sais…

Le trésor fut rapidement emballé et tous quittèrent les lieux en abandonnant le corps du roi des faunes. Zacharia avait insisté pour qu'on lui accorde une sépulture, mais Barthélémy avait répondu qu'il ne devait pas s'inquiéter; ses semblables lui offriraient sans doute des funérailles royales! De toute façon, ce n'était pas à eux de veiller au repos de l'âme d'une créature du mal…

De retour au navire, on déposa la totalité du trésor dans la cabine de Barthélémy, et Zacharia commença à l'éplucher minutieusement. Tout en consultant ses livres, il scruta chaque pièce de l'extraordinaire butin afin d'y déceler un indice pouvant les conduire jusqu'à la toison d'or. Il devait examiner des milliers d'écus et presque autant de pierres précieuses, sans compter une bonne centaine d'autres objets allant des couronnes aux bagues en passant par les sceptres et les armes décoratives. Après quelques heures de recherches et d'observation, le seigneur vint le rejoindre dans la pièce.

– Alors, Zacharia, ça avance?

– J'ai besoin de beaucoup de temps pour étudier le trésor! C'est un véritable fouillis, mais qui révèle, par contre, l'histoire des faunes… On y trouve des pièces provenant de tous les peuples avec qui ils ont eu des relations. C'est vraiment formidable de retourner ainsi dans l'histoire et de comprendre l'influence extraordinaire de ces êtres à une époque…

– La toison d'or, Zack! s'écria le chevalier. Je te rappelle que nous sommes ici pour LA TOISON D'OR! Concentre-toi moins sur l'histoire de ces repoussantes créatures et davantage sur le but de ta mission avec nous. Mes hommes ne tiennent plus en place! Ils considèrent que la découverte de ce trésor est un bon présage et ils sont impatients de se partager le butin.

– Mais… mais…, objecta le jeune moine. Ce trésor ne doit pas être distribué! Il représente un prodigieux plongeon dans l'histoire du continent… Il doit être analysé par d'autres spécialistes afin de mieux comprendre l'évolution de...

– Si tu ne cesses pas immédiatement, Zack, je vais t'arracher la langue. Les créatures du mal n'ont pas de culture et encore moins d'histoire! Quand tu auras terminé tes recherches, je diviserai le trésor en deux. Une moitié pour Bratel-la-Grande, et l'autre pour mes hommes. D'ailleurs, j'aimerais que tu sélectionnes déjà les plus belles pièces afin de les sortir du lot... Elles constitueront mon butin personnel! Un seigneur a bien le droit de se servir d'abord, n'est-ce pas?

– Très bien, se résigna le jeune homme. J'exécuterai vos ordres, mais j'ai encore besoin de temps.

– Je te laisse jusqu'à demain matin!

– Mais je n'arriverai jamais à...

– DEMAIN MATIN! conclut le seigneur. Tu peux rester dans ma cabine; moi, j'irai dormir sur le pont avec les hommes.

Zacharia travailla toute la nuit, mais sans rien trouver qui puisse le conduire à la toison d'or. Au petit matin, le seigneur réapparut et, reposé, il décida de lui accorder un délai supplémentaire d'une journée pendant laquelle le jeune moine sua sang et eau afin de trouver une nouvelle piste, mais en vain.

Finalement, Barthélémy se fit de plus en plus insistant et le menaça de lui trancher un doigt si, le lendemain, au lever du soleil, il n'avait encore rien trouvé. Sans même prendre de pause, le moine s'acharna donc à la tâche et, devenu blême comme un fantôme, le pauvre allait s'effondrer lorsque, tout à coup, un petit sac de cuir contenant quelques poils de couleur dorée lui tomba sous la main. Intrigué, il les sortit de leur enveloppe et les observa attentivement.

«Des poils dorés…, pensa-t-il. Hum… Oui, oui, probablement des poils de la toison d'or. Enfin… Cela se pourrait-il? Je suis peut-être sur le point d'aboutir à quelque chose…»

Zacharia les déposa sur la table à côté de la boussole de navigation. L'aiguille qui indiquait normalement le nord fit brusquement plusieurs tours sur elle-même et s'arrêta en direction de l'ouest. Surpris, le jeune moine éloigna les poils de l'instrument, et l'aiguille reprit sa position normale!

– Ça y est! J'ai trouvé! s'exclama-t-il, soulagé. Oui, ce sont bien des poils provenant de la toison d'or et ils m'indiquent la direction à suivre…

La porte de la cabine s'ouvrit brusquement.

– Qu'est-ce qui se passe ? Je t'ai entendu parler, dit le seigneur, impatient. J'espère que tu as de bonnes nouvelles !

– Vers l'ouest..., répondit le moine, tout souriant. Nous devons aller vers l'ouest...

4
L'interception

Les trois assassins galopaient à toute vitesse et ne s'étaient pratiquement pas arrêtés depuis quatre jours. Ils s'étaient plutôt contentés de courtes pauses au cours desquelles ils échangeaient leurs chevaux fatigués contre des bêtes plus fraîches. Pour sa part, Lolya, ficelée et bâillonnée, était à bout de nerfs. Elle avait bien essayé de s'échapper, mais en vain, car, ainsi muselée, il lui était impossible de prononcer une seule incantation ou encore de faire le moindre geste afin d'appeler un esprit à sa rescousse. La dague de Baal était toujours à sa ceinture, mais elle était incapable de l'atteindre. Elle avait tenté à maintes reprises de la saisir, mais ses mains, liées dans son dos, étaient trop éloignées pour y arriver. Il n'y avait rien à faire sinon attendre patiemment la fin de l'interminable voyage. Ses agresseurs ne lui avaient donné aucune explication quant à la raison qui les avait poussés à l'enlever, et ils n'avaient pas non plus mentionné vers où ils chevauchaient à si vive allure. La jeune Noire avait tendu l'oreille pour entendre leurs conversations, mais les hommes parlaient toujours à voix très basse et, de plus, ils communiquaient surtout par gestes.

Toujours en chevauchant, l'un des hommes fit signe à ses compères de ralentir. C'est au petit trot que les trois montures se rapprochèrent l'une de l'autre, et Lolya, qui partageait la selle du cheval du centre, put enfin comprendre ses ravisseurs.

– Nous sommes presque à Bourgnol! lança l'un d'eux. Alors, on en profite pour changer les chevaux ou on continue avec ceux-là?

– Si nous gardons les chevaux, l'arrêt sera moins long, répondit l'autre. Nos frères nous attendent à l'abbaye…

– J'ai faim et je tombe de fatigue, dit le troisième.

Les trois hommes s'arrêtèrent donc dans une clairière et descendirent de leur monture. L'un d'eux s'avança vers un arbre au tronc creux et y plongea la main. Il en ressortit quelques petits pots de grès. À sa grande surprise, il remarqua que les couvercles normalement scellés avaient été enlevés et que la nourriture qu'ils contenaient avait disparu!

– Ça vient? J'ai faim! lança l'un des deux autres qui attendaient plus loin, près des chevaux.

– Mais… mais je ne comprends pas! fit celui qui tenait les pots vides. Quelqu'un a découvert notre cachette et a mangé toutes nos réserves…

– C'est impossible! s'écria le plus costaud des trois. Cet endroit n'est connu que de nous et de nos frères! Et jamais l'un des nôtres n'aurait l'audace de vider une des réserves de survie sans en aviser les responsables de l'ordre.

– Je vous jure! Il ne reste rien… Nous sommes encore à une journée de l'abbaye et les réserves d'urgence sont vides! Moi qui pensais me sustenter avant de rentrer… Quelle saloperie! Nous devrons continuer le ventre vide…

Soudain, les trois moines virent émerger d'un bosquet un jeune garçon robuste aux épaules carrées qui les narguait du regard. Lolya, toujours prisonnière, l'aperçut aussi et reconnut immédiatement son ami Béorf qui lança énergiquement:

– Ce sont probablement les ours qui ont tout mangé! Vous savez comment sont ces sales bêtes, elles peuvent humer des pêches sucrées à des lieues à la ronde!

– Et comment sais-tu, jeune arrogant, qu'il y avait des pêches dans ces provisions ?

– Je le sais parce qu'elles étaient délicieuses ! expliqua Béorf en se tapotant l'estomac.

– Alors, ce ne sont pas les ours qui ont volé nos réserves, mais toi ? dit le plus costaud du trio en s'approchant de Béorf. Je vais t'enseigner les bonnes manières, moi !

– Non ! Non, je vous en supplie, ne me faites pas de mal ! cria le gros garçon en feignant la peur. Hé, mais j'y pense, j'espère que vous n'êtes pas allergiques aux poils !

Sans plus attendre, Béorf se transforma en ours et poussa un grognement qui glaça d'effroi les trois moines du culte de Baal. Puis il s'élança vers l'un d'eux et le renversa d'un puissant coup de patte.

Au même moment, du haut d'un arbre, Médousa, qui avait attendu son tour pour intervenir, se lança dans les airs et plana en direction d'un deuxième ravisseur. Elle le plaqua dans le dos et lui enfonça ses griffes dans les côtes. Comme un vampire attaquant sa proie, elle le mordit férocement et planta profondément ses dents dans la chair molle de son cou. Paniqué, l'homme essaya d'empoigner les cheveux de la gorgone, mais il abandonna bien vite l'idée à cause des nombreux dards qui se plantèrent dans sa main. Du coin de l'œil, il aperçut les reptiles dorés de la tête de Médousa et tomba à genoux en hurlant de terreur plus que de douleur.

Étrangement, le troisième gaillard sentit que les semelles de ses bottes commençaient à chauffer. Sans comprendre ce qui lui arrivait, il les enleva rapidement avec des gestes saccadés et maladroits. Puis il perçut une sensation de chaleur partout sur sa peau, comme si ses vêtements allaient prendre feu. La température devenait de plus en plus insoutenable! Il commença alors à se dévêtir de façon frénétique tout en récitant une prière à voix haute. Empêtré dans ses vêtements, le pauvre bougre essuya alors une bourrasque de vent inattendue qui le poussa la tête la première dans les orties. Le visage tout irrité et à moitié nu, il s'érafla aussi les fesses, le dos et les jambes, et se mit à jurer comme un charretier.

À son tour, Amos en profita pour sortir de sa cachette et accourut enfin vers Lolya. Rapidement, il la libéra de ses liens et de son bâillon, et la prit dans ses bras.

– Comment te sens-tu? lui demanda-t-il. Est-ce que tu vas bien?

– Ouf! fit la jeune Noire. Maintenant, oui... ça va mieux.

– Ils ne t'ont pas fait trop de mal?

– Non, mais ils m'ont fait galoper continuellement pendant quatre jours et quatre nuits. Nous n'avons dormi, tout au plus, qu'une dizaine d'heures! Je suis épuisée et je ne sens plus mes bras, tellement les liens étaient serrés. Je suis si heureuse que vous soyez tous là… Je désespérais un peu…

– C'est Béorf qui a trouvé ta boucle d'oreille et un bout du tissu de ta robe! C'est grâce à lui, mais aussi à Sartigan, que nous avons pris la bonne direction.

– Oui, bien sûr, le bout d'étoffe et ma boucle d'oreille. Quelle bonne idée j'ai eue! J'espérais tellement que l'un d'entre vous retrouve ces indices… Mais que me racontes-tu au sujet de Sartigan?

– Je t'expliquerai, Lolya… mais d'abord, nous allons interroger ces gaillards!

Les trois ravisseurs, terrorisés par les adolescents, s'étaient blottis les uns contre les autres et priaient pour que leur vie soit épargnée. Bien gardés par un ours enragé et une gorgone pas commode, les moines du culte de Baal n'offrirent aucune résistance et se résignèrent à répondre honnêtement aux questions d'Amos.

Ils expliquèrent que les moines de l'abbaye de Portbo étaient, en vérité, des mercenaires qui offraient leurs services à quiconque pouvait bien les payer. Se spécialisant dans les assassinats et le vol de biens précieux, ils vouaient leur vie au culte du démon Baal. Depuis les débuts de la congrégation, les prêtres avaient annoncé, par le truchement de prières et de chants sacrés, l'arrivée de la très précieuse dague de Baal. Cette arme d'allure anodine avait pourtant le pouvoir d'ouvrir une première porte de sortie des Enfers, permettant aux démons de revenir sur terre.

Amos devina tout de suite que les moines disaient vrai. Charon, sur le Styx, lui avait effectivement précisé qu'il n'existait que des portes d'entrée pour les Enfers, donc aucune sortie. Tout était maintenant clair pour le porteur de masques ! Baal lui avait confié la dague dans l'espoir qu'elle arrive jusqu'à Portbo afin que ses adorateurs l'utilisent pour établir un passage entre le monde des damnés et celui des vivants.

Les moines poursuivirent leurs explications en révélant qu'ils avaient été envoyés à Berrion afin d'assassiner le seigneur et de libérer la porteuse de la dague. Après que Sartigan eut fait avorter leur plan, ils avaient été écroués et l'un d'eux avait aperçu à travers les barreaux ce qu'ils étaient justement venus chercher :

une jeune fille démoniaque à la peau noire portant à la ceinture la dague tant convoitée. Par chance, en raison du mariage de Junos, ils avaient été graciés et en avaient profité non pas pour rentrer chez eux, mais pour enlever Lolya afin de la livrer à l'abbaye.

– Et pourquoi ne pas avoir simplement volé la dague? questionna Amos. Était-il nécessaire d'enlever notre amie?

– Il est dit dans les chants sacrés que seule la porteuse de la dague pourra ouvrir la porte menant à notre dieu, expliqua l'un des moines. Sans elle, l'arme nous est inutile, car c'est la porteuse qui doit officier la cérémonie!

– Vous auriez pu me demander de vous suivre au lieu de m'enlever et de me faire subir cet horrible voyage! se fâcha Lolya. Je vous aurais peut-être suivis, crétins!!! Et toute cette route, ligotée comme un saucisson, quelle horreur!

– Nous sommes désolés, s'excusa le plus costaud des trois. Nous n'étions pas autorisés par les supérieurs de l'ordre à vous adresser la parole et nous ne voulions pas mettre en péril notre mission. Nos frères attendent avec impatience votre venue, voilà pourquoi nous avons cru bon de presser notre retour…

Devant la docilité manifeste des trois hommes, Béorf reprit sa forme humaine et Médousa baissa la garde.

– Qu'allons-nous faire d'eux maintenant? demanda le gros garçon.

– Libérons-les et regagnons Berrion, proposa Médousa. Nous n'avons plus de raison de traîner ici…

– S'il vous plaît, supplia l'un des moines, ne faites pas cela… Si nous revenons à l'abbaye sans la porteuse de la dague, nous serons exécutés par nos frères. L'échec n'est pas admis dans notre culte et nous payons très cher nos égarements…

– Êtes-vous en train de dire que votre salut dépend de moi? s'étonna Lolya, incrédule.

– Exactement, confirma le costaud. Nous avons déjà raté le premier volet de notre mission qui constituait en l'assassinat de votre seigneur… Si, en plus, nous revenons les mains vides, l'ordre nous jettera du haut de la falaise…

Amos demeura silencieux en réfléchissant aux conséquences que pourrait avoir une porte de sortie pour les démons et les créatures du mal. Si Lolya arrivait à créer un passage entre les deux mondes, il faudrait absolument trouver un gardien de confiance afin d'éviter que toutes les créatures des Enfers ne s'y précipitent et n'envahissent le domaine des vivants. Il faudrait un surveillant consciencieux et possédant une vaste connaissance du monde des morts ainsi que de celui des vivants. Idéalement, un être muni de grands pouvoirs et pouvant se faire respecter des adorateurs de Baal et… et…

Amos fit un large sourire.

– Que se passe-t-il? lui demanda Béorf. Il y a quelque chose de drôle ou tu deviens stupide?

– C'est que je viens de penser à un ami…, répondit Amos.

– De qui parles-tu? demanda Médousa.

– De quelqu'un que j'ai rencontré à Braha…

– Tu l'as rencontré dans la grande ville des morts!? s'étonna Lolya qui connaissait plusieurs légendes à propos de cet endroit. Ah! je sais! Tu y es passé au cours de ton voyage dans les Enfers, c'est ça?

Ses amis n'avaient aucun souvenir de l'aventure qui l'avait amené à fouler le sol de Braha. Amos se rappela que, pour eux, cette histoire n'avait jamais existé, puisqu'il était revenu dans le temps pour faire avorter le plan du baron Samedi. Il ne servirait à rien – et

d'ailleurs, il n'en avait pas le temps maintenant – de raconter cette aventure !

– Disons que c'est dans une aventure
presque similaire à mon voyage aux Enfers, se
contenta-t-il de répondre.

– Et pourquoi penses-tu à cet ami ?
s'informa Béorf, perplexe.

– Écoutez-moi, je viens d'avoir une grande
idée ! Dis-moi, Lolya, peux-tu toujours
communiquer facilement avec les esprits ?

– Bien sûr, et même que je suis meilleure
qu'avant ! Connais-tu le nom de celui avec qui
tu veux communiquer ?

– Oui, je le connais et il réside à Braha, la
cité des morts.

– Alors, c'est d'accord, dit Lolya, quand tu
voudras, nous ferons une cérémonie et je lui
enverrai ton message. Alors, quel est son
nom ?

– C'est un elfe et il s'appelle Arkillon.

5
L'abbaye de Portbo

Amos et ses compagnons avaient donc décidé de suivre les ravisseurs de Lolya afin que la nécromancienne préside la cérémonie d'ouverture de la porte.

Le repaire des moines adorateurs de Baal était situé à l'extrême ouest du continent. Construite au sommet d'une falaise donnant sur une mer constamment déchaînée, l'abbaye était entourée d'une vaste tourbière regorgeant d'arbrisseaux buissonnants au feuillage écarlate. En empruntant le sentier qui menait au monastère, Lolya eut l'impression de marcher à travers un gigantesque tapis composé de ronces petit-mûrier, d'aronias noires, de gadelliers glanduleux et de fraisiers. Elle reconnut aussi une plante carnivore nommée «sarracénie pourpre». De toute évidence, les voyageurs n'avaient pas intérêt à quitter le sentier sous peine de finir lentement digérés dans l'acide de cette plante carnivore ! Le site était splendide, mais aussi très dangereux.

Avant d'atteindre l'abbaye, les moines eurent l'autorisation d'Amos de s'arrêter dans un tout petit temple érigé non loin de là. Le sanctuaire ressemblait à une maison en bonbon. On avait enduit d'huile de lin toute la structure intérieure du bâtiment, construite en pin des forêts nordiques, afin de la préserver. Avec le passage du temps, l'huile s'était assombrie en imprégnant le temple d'une impression triste et morne. Mais un jour, un ancien père de l'abbaye avait eu l'idée de la faire repeindre par des enfants. Il leur avait décrit en détail les Enfers et les êtres terribles qui peuplaient ces mondes souterrains, après quoi il les avait laissés créer sans supervision. Les jeunes artistes enthousiastes avaient peint, sur les murs, des démons de couleur rose et de gigantesques fleurs bleues sur les sculptures figurant Baal. Ils avaient barbouillé les poutres de jaune clair et dessiné des damnés multi-colores au large sourire édenté. En franchissant le seuil du temple, on pouvait apercevoir au plafond toute une iconographie symbolique représentant, en vert pâle et violet, les cloches des Enfers. L'ensemble de la décoration de la nef était constitué de languettes étroites de couleur pastel qui créaient une splendide illusion de mouvements ascendants. Le plafond était, quant à lui, décoré de ballons bigarrés et de gâteaux de fête. Cette nouvelle décoration avait énormément plu aux moines de l'époque qui y avaient vu le symbole du chaos de Baal et l'allégresse que provoquaient la dévotion et la vie monastique. Depuis ce temps, tous les moines s'y attardaient pour prier lorsqu'ils quittaient le monastère ou y revenaient.

– Cet endroit est bien étrange, fit remarquer Médousa en pénétrant dans le temple. Tant de couleurs pour des adorateurs du mal, je trouve cela vraiment étrange.

– Je suis d'accord avec toi, dit Amos en admirant le dessin d'un papillon jaune sur la sculpture d'un damné hurlant sa douleur. Mais j'y vois quand même une évocation de l'équilibre du monde ; la naïveté qui côtoie l'horreur…

– Tout ça me fait frissonner de peur ! avoua Béorf. J'ai l'impression de me retrouver dans la tête d'un fou !

– Tu as raison, Béorf, répondit Amos avec un clin d'œil amusé. Lorsque j'oublie de prendre le médicament de Lolya, c'est ainsi que je vois la vie !

– Ça, c'est vraiment ce qu'on appelle de l'humour noir, Amos! lança le gros garçon. Nous savions tous que tu étais déjà un peu fou, mais de là à soupçonner que tu voyais le monde en pastel… Tu es plus atteint que je ne le croyais!

– Taisez-vous donc, soupira Lolya. Vous n'êtes pas drôles du tout!

– Lolya a raison, on ne rigole pas avec une question aussi grave! renchérit Médousa.

– Bon! d'accord, ça va! répondit Béorf qui avait du mal à se contenir. Allons dire nos âneries à l'extérieur, cher Amos, et laissons les filles surveiller la prière des moines! Notre excellent sens de l'humour n'est pas apprécié ici…

Les garçons sortirent du temple en s'esclaffant.

– Ils m'enragent, ces deux-là, avec leurs mauvaises plaisanteries! grogna Lolya aussitôt qu'ils eurent disparu. Amos ne semble pas se rendre compte que sa santé est encore très précaire et qu'à tout moment il peut refaire une crise de délire! Je dois lui rappeler tous les jours de prendre son médicament, sinon il l'oublie…

– Les garçons sont comme ça, répliqua Médousa, insouciants de leur santé! Mais rassure-toi, j'ai veillé à ce qu'Amos ne manque pas une journée de son traitement lorsque tu n'étais pas là…

– Merci beaucoup, répondit Lolya. Je suis contente de savoir que je peux compter sur toi…

– Les amies, c'est là pour ça!

Une fois le recueillement des moines terminé, le petit groupe regagna le sentier et continua sa marche dans la tourbière.

– Dis donc, Amos, lui demanda Lolya qui marchait devant lui, comment vous y êtes-vous pris pour me retrouver?

– Tes indices nous ont beaucoup aidés, répondit Médousa. Ensuite, pour te rattraper, Amos a fait apparaître des chevaux qui courent à une vitesse phénoménale! J'avais l'impression de chevaucher une bourrasque de vent!

– Oui, c'était extraordinaire! fit Béorf. Je n'ai jamais galopé aussi vite de toute ma vie!

– En effet, avec mes nouveaux pouvoirs, expliqua Amos, je peux faire apparaître, à partir de modèles vivants, des créatures composées de vapeurs d'eau contenues dans l'air. Je réussis à croiser un peu de la magie du masque de l'eau avec ma maîtrise du vent. Lorsque je posséderai le masque de l'éther, je suppose que ces croisements magiques seront plus faciles à réaliser.

– Donc, pour répondre à ta question, poursuivit Médousa, c'est aussi grâce au nez de Béorf que nous avons découvert la nourriture dans le creux de l'arbre.

– Même à travers un pot scellé, ajouta fièrement le gros garçon, j'arrive à détecter l'odeur des pêches au sucre !

– Alors, reprit Amos, nous en avons déduit que tes ravisseurs s'arrêteraient probablement ici avant de regagner leur repaire. Durant deux jours, nous avons attendu votre arrivée.

– Vous aviez deux jours d'avance sur nous ! s'exclama Lolya. Décidément, vos chevaux magiques étaient vraiment rapides…

– Je te ferai voir, dit Amos, il faut solidement s'accrocher à la bride, sinon…

– Sinon on s'envole ! termina Médousa en rigolant. J'ai eu la malheureuse idée d'ouvrir mes ailes en chevauchant… Sans le vouloir, je me suis éjectée de ma monture et j'ai atterri quelques dizaines d'enjambées plus loin dans les branches d'un arbre ! J'étais complètement sonnée !

– Il faut comprendre, plaisanta Béorf, c'est une gorgone de mer : elle est plus habile sous l'eau que dans les airs !

– Tais-toi, gros bêta, et avance ! le gronda Médousa en riant. Encore une remarque de ta part et je te botte le derrière…

– Oh! non! Oh! non! Les gorgones sont décidément une race très violente!

Les moines adorateurs du culte de Baal avaient une vie très difficile et s'imposaient une discipline de fer. Une journée à l'abbaye de Portbo se déroulait toujours de la même façon. Au milieu de la nuit, on sonnait les cloches afin que les moines se réveillent et se rendent au temple pour la prière. L'office nocturne terminé, ils retournaient dans leurs cellules respectives pour se reposer un peu, puis retournaient, à l'aurore, assister au deuxième office, soit la cérémonie du lever du soleil. Ils participaient ensuite à une réunion quotidienne durant laquelle l'abbé en chef distribuait, avant le petit-déjeuner, les tâches de la journée. Jardinage, préparation de fioles de poison pour la vente, entretien de la bâtisse et corvée de cuisine étaient au programme. Vers midi commençait l'entraînement physique des moines où ils s'exerçaient au combat corps à corps et au maniement de l'épée et de l'arbalète. Au coucher du soleil, une chorale chantait les vertus de la nuit et du chaos au cours d'une longue cérémonie précédant un gigantesque banquet. Le ventre plein, les moines se traînaient jusqu'à leur couchette et dormaient en attendant d'être réveillés de nouveau au milieu de la nuit.

L'immense abbaye était construite en pierres grises, surplombée d'un toit aux tuiles de couleur terre. Le site abritait un temple grandiose où reposaient deux gisants que l'on appelait «les seigneurs de Kergozou». De leur vivant, c'était grâce à leurs généreuses donations que les religieux avaient pu faire couler une gigantesque porte dans le bronze à côté de laquelle ils chantaient chaque soir. Un très joli cloître formé de galeries ouvertes qui entouraient un jardin rectangulaire de ronces donnait sur un grand cellier et un réfectoire bordé d'un péristyle d'entrée. À l'étage supérieur se trouvaient les cellules des moines et l'infirmerie. Les dépendances de l'abbaye abritaient les sanitaires, les bibliothèques ainsi que la salle d'entraînement et l'armurerie.

Lorsqu'ils aperçurent enfin leurs confrères à la porte centrale, les moines de l'abbaye s'y précipitèrent afin de vérifier qui les accompagnait. En voyant celle qui portait la dague à sa ceinture, ils comprirent avec soulagement que leurs prières avaient été entendues.

– Est-ce bien celle que nous vous avions envoyé chercher? lança solennellement le chef de l'ordre.

– Oui, confirma un des moines. Nous ramenons la porteuse de la dague et la précieuse lame.

– Très bien, très bien. Cependant, je remarque que deux de nos frères ne sont pas revenus avec vous…

– Oui, c'est qu'ils… qu'ils… ils ont trépassé pendant l'exécution de la mission…

– Hum… bon… Et qui sont ces jeunes personnes qui vous accompagnent?

– Ce sont… ce sont…

– Nous sommes la garde personnelle de la porteuse de la dague, répondit Amos. Nous assurons sa sécurité.

– Alors, très bien, qu'on les installe au dortoir des invités près du cloître. Je m'entretiendrai avec notre porteuse plus tard. Qu'elle se repose d'abord.

Deux jeunes novices se détachèrent du groupe et guidèrent en silence les quatre adolescents jusqu'à leur chambre. Ils les abandonnèrent dans l'immense pièce aux murs décrépis où une dizaine de paillasses gisait sur le sol.

– Eh bien, quel confort! soupira Médousa après que la porte se fut refermée derrière eux. C'est un vrai château!

– J'espère qu'ils ont prévu une collation, grogna Béorf, cette promenade dans la tourbière m'a creusé l'appétit.

– Je sens une force spirituelle hors du commun ici, dit Lolya en se dirigeant vers l'unique fenêtre. Cet endroit est si chargé de mauvaises vibrations que j'en ai presque le vertige. Je ressens à travers chacune de ses pierres les supplications de milliers d'âmes qui demandent à être libérées… C'est… ouf!… c'est étourdissant!

– Moi, je ne ressens rien de particulier, confia Amos. Juste une très grande fatigue! Nous devrions peut-être essayer ces paillasses quelques heures…

– Je suis toujours partant pour la sieste! s'exclama Béorf.

– Ça calmera aussi ton estomac, lui répondit Amos. Qui dort dîne!

– Mais tu ne voulais pas que je tente de communiquer avec ton ami? demanda Lolya. Tu sais, l'elfe qui vit dans la grande cité des morts dont tu nous as parlé hier?

– Oui, tu as raison… il vaut mieux faire cela tout de suite!

– Ah! non, pas une cérémonie, pas maintenant! se plaignit Béorf.

– Oh! c'est bientôt terminé, ces jérémiades? lança Lolya. Je n'ai pas besoin de toi, Béorf, tu peux dormir! D'ailleurs, je n'ai besoin de personne pour l'instant. Amos, que dois-je lui envoyer à ton elfe?

Amos se retira un peu à l'écart et créa, en utilisant ses pouvoirs sur le vent, une sphère de communication dans laquelle il emprisonna un message. Il la présenta ensuite à Lolya.

– Tiens, Lolya, tu peux lui faire parvenir ceci ?

– Hum… ce sera peut-être difficile… Je ne pensais pas devoir envoyer cette drôle de chose, mais je vais essayer ! déclara la nécromancienne en prenant délicatement la boule diaphane. Cette chose ne va pas éclater, se dissiper ou s'envoler toute seule ?

– Non, la rassura Amos, depuis que je possède les quatre pierres de l'air, mes sphères sont très stables et très résistantes.

– Tant mieux, ce sera un souci de moins ! Je vais aller m'installer dans le cloître… À plus tard !

– Je vais avec toi, dit Médousa. Je veillerai à ce que tu ne sois pas dérangée… Je te donne un coup de main pour apporter tes ingrédients et tes grimoires ?

– Bon ! soupira Béorf, voilà que je me sens coupable de ne pas vous aider…

– Arrête ! Reste là et dors ! lui ordonna Médousa en rigolant. Tout le monde sait que les garçons ont moins de résistance que les filles et qu'ils ont besoin de plus de repos ! Bonne sieste !

– Tu as de la chance d'être aussi mignonne parce que sinon je te mordrais! ronchonna le gros garçon en secouant une paillasse.

Les deux amies se rendirent au cloître où Lolya prépara ses potions et ses encens en vue de la cérémonie. Elle alluma quelques bougies qu'elle installa au milieu du jardin de ronces, puis elle consulta le grimoire de Baya Gaya. L'invocation était une opération très difficile par laquelle un magicien nécromancien pouvait réussir à appeler une puissante force cosmique.

– C'est dangereux, ce que tu vas faire? s'inquiéta Médousa devant l'air absorbé de sa copine.

– Non, pas vraiment, répondit Lolya. L'énergie est tellement forte ici que je n'aurai pas de mal à invoquer... un... Mais... c'est incroyable... il est déjà ici!!!

En effet, devant elle se tenait debout un spectre au torse vraiment court, mais soutenu par deux longues jambes.

– Ici? Mais... Où? Où est-il? demanda Médousa en cherchant du regard partout autour d'elles.

– Il est là, juste devant moi, fit Lolya en pointant le vide du doigt.

– Mais, je ne vois rien...

Le fantôme avait également une très petite tête, de tout petits bras et de très grandes oreilles. Il se pencha vers Lolya.

– Le message? souffla-t-il faiblement.

– Oui… le voilà! dit Lolya en lui remettant la sphère d'Amos.

– À qui?

– S'il vous plaît, remettez-le à un elfe noir nommé Arkillon, il demeure à Braha.

Sans plus attendre, le spectre décolla comme une flèche. Il traversa les murs de l'abbaye et fonça à vive allure dans la tourbière. Plus rapide que le vent, le coursier traversa toute la contrée, puis passa la porte du premier cimetière qu'il croisa sur sa route. Dès qu'il eut posé le pied sur la terre sacrée, il glissa dans la dimension des morts, et le Styx lui apparut aussitôt. Le spectre ne prit pas le temps d'attendre Charon; il se mit à courir sur les berges du grand fleuve. Après une course effrénée, il arriva en un temps record à Braha et se rendit directement à la guilde des voleurs pour y trouver Arkillon. Rapidement, le coursier remit le message à son destinataire et, en trois enjambées, disparut dans la ville.

En suspension devant l'elfe, la sphère s'ouvrit et libéra son message:

Arkillon,

Une porte de sortie sera bientôt ouverte dans les Enfers… Elle communiquera sans doute avec le deuxième niveau, soit le désert de Baal. J'ai besoin d'un gardien. Peux-tu m'aider? Mes amitiés à Ogocil et à l'Ombre.

Ton ami Amos.

6
Le pays des centaures

Les chevaliers avaient abandonné leur bateau à Petrogrid pour prendre la longue route de l'Est, puis ils avaient chevauché dans les Plaines et les Plateaux arides pour ensuite déboucher sur la terre dépeuplée des Contrées sans Roi.

Les provisions s'épuisaient rapidement et des signes évidents de fatigue apparaissaient au sein du bataillon. Plusieurs chevaliers étaient aigris et supportaient mal le climat sec de la région. Les grains de sable, qui enrayaient les quelques pièces d'armures qu'ils avaient encore sur le dos, en faisaient jurer plus d'un, et le rationnement strict d'eau potable enrageait les hommes plus corpulents. Dans quelques jours, il n'y aurait plus de nourriture à l'exception des trois tonneaux de vin que Barthélémy avait ordonné, sur les recommandations du jeune moine, que l'on emporte. Par ailleurs, il avait interdit à ses chevaliers d'en boire une seule goutte pendant le trajet.

Barthélémy et ses hommes s'immobilisèrent dans leur marche vers l'est. Enfoncées sur des pieux, des dizaines de têtes humaines en putréfaction leur bloquaient le passage.

– ZACK! hurla le seigneur. Qu'est-ce que cela signifie?

Le moine eut un mouvement de recul en découvrant à son tour l'horreur du macabre spectacle.

– Alors? insista le chevalier. As-tu une idée de ce que cela peut être?

– Oui… oui, j'en ai une petite idée…, bredouilla Zacharia. C'est que, voyez-vous, nous venons d'atteindre le royaume des centaures.

– Le royaume des quoi? vociféra Barthélémy, agacé par la situation.

– Le royaume des centaures, répéta le moine. Il s'agit d'une race mi-humaine mi-chevaline qui, raconte-t-on dans mes livres, est d'une rare violence. À cause de leur religion, ces créatures sont convaincues que le crâne de leurs ennemis recèle des pouvoirs magiques et que, une fois retranché de leur corps, il leur confère le don de télépathie…

– Mais pourquoi avoir placé ces têtes ainsi, empalées en travers de la route?

– Pour délimiter leur territoire. Il s'agit de leur frontière… Si nous passons outre cet avertissement et que nous continuons notre chemin, les têtes avertiront les centaures que nous avons dépassé les limites de leur royaume... et... et ils viendront nous... nous...

– Stupide croyance! trancha Barthélémy. Comment des crânes pourraient-ils les avertir de notre passage? Tout cela est ridicule!

Zacharia craignait un réel danger, car il était persuadé que les centaures possédaient de tels pouvoirs. Le culte qu'ils vouaient aux têtes de leurs ennemis était très important. Le moine avait également appris que ces monstres jetaient souvent ces têtes dans les lacs ou les rivières comme offrande à leurs dieux, qu'après une bataille on pouvait les voir galoper en arborant autour de leur cou les crânes de leurs adversaires. Ils pouvaient ensuite les conserver des années dans de l'huile de cèdre afin de s'en servir par la suite comme monnaie. Certains chefs de clan avaient même la réputation de recouvrir les crânes d'or pour en faire des gobelets. La tête coupée faisait partie intégrante de la culture centaure et elle était représentée sur les drapeaux tribaux, sculptée dans le bois des boucliers, taillée parfois dans la pierre des dolmens ou même forgée dans le métal des épées et des casques. Par ailleurs, les centaures vénéraient une déesse à trois têtes à qui ils devaient offrir de nombreux sacrifices.

– As-tu peur, Zack ? lança le seigneur. Tu es tout vert ! Ha ! ha ! ha !

– C'est que… avant que nous poursuivions notre route, j'aimerais vous parler un peu des centaures, rétorqua le jeune homme. Vous devez savoir que…

– Tu n'as rien à m'apprendre que je ne sache déjà, répliqua Barthélémy, car un ennemi se tue toujours de la même façon, à coups d'épée. Garde tes récits pour toi et avançons. Il me tarde de voir où cette boussole nous conduira !

Obéissant aux ordres de leur seigneur, les hommes de Bratel-la-Grande firent peu de cas de l'avertissement des centaures et traversèrent la frontière. La troupe avançait déjà depuis de longues semaines dans des conditions difficiles et elle n'allait pas retarder sa marche pour si peu.

– J'espère que vous savez toujours ce que vous faites, dit Zacharia en chevauchant aux côtés de Barthélémy. Selon mes études, ces créatures sont d'une force et d'une ardeur au combat qui dépassent toutes les capacités humaines. Ils sont…

– Ça suffit, tais-toi, Zack! répondit le seigneur d'un ton cassant. Avant notre départ, ne m'as-tu pas affirmé que, «selon tes recherches», les centaures étaient également de fieffés ivrognes?

– C'est vrai… et c'est pourquoi je vous ai conseillé d'emporter du vin en grande quantité. Nous pourrons peut-être échanger ces barriques contre…

– Contre rien du tout! J'ai mon plan, petit moine! Fais-moi confiance et tu verras le jour se lever encore demain.

– Pardonnez-moi, mais votre plan a-t-il un rapport avec les dizaines de pelles que vous avez également fait charger dans la charrette?

– Tss-tss, tu verras! Mes hommes vont bientôt se délier les muscles, et leurs épées rougiront du sang de ces centaures impurs!

À la tombée du jour, Barthélémy ordonna que l'on monte le campement en plein centre d'une vaste clairière et que l'on y allume plusieurs feux. Enfin, il distribua à chacun les fameuses pelles et exposa son plan.

***

Un garde qui surveillait la frontière avait bien aperçu, plus tôt dans la journée, une troupe de chevaliers qui bravait l'avertissement en pénétrant sur le territoire centaure. Sans faire ni une ni deux, il avait galopé jusqu'à son clan pour en avertir le chef qui avait aussitôt dépêché deux messagers auprès d'autres hordes pour les prévenir. En quelques heures, deux cents centaures assoiffés de sang s'étaient rassemblés et attendaient patiemment l'ordre d'attaquer les intrus.

– Ces humains sont vraiment trop idiots! dit l'éclaireur à son chef. Ils se sont installés dans la clairière de l'ancien lac... Ils n'ont aucune protection! De plus, ils ont allumé des grands feux! Ils font tout pour se faire repérer...

– Attention, c'est peut-être un piège! répondit le chef en piaffant.

– Non, je ne crois pas, fit l'éclaireur en s'ébrouant. Voyez, le campement est tout endormi...

– Hum... va jeter un coup d'œil de plus près!

Le centaure déguerpit au galop vers la plaine. Aux abords du campement, il ralentit, puis se mêla discrètement au troupeau de chevaux endormis. Il y demeura immobile quelques minutes, puis décida de s'approcher un peu plus des tentes. Curieusement, il n'y avait aucun garde, ni aucune autre personne à proximité des feux. L'éclaireur regarda à l'intérieur d'une tente et constata avec surprise qu'elle était vide. Il se dirigea silencieusement vers une deuxième : vide aussi ! C'est alors qu'il remarqua que des épées, des pièces d'armures et des effets de voyage jonchaient le sol, mais il ne détecta pas âme qui vive. De la nourriture cuisait encore sur quelques feux et… et, ô joie ! trois barils de vin, ouverts, trônaient sur la place.

« Le camp a été abandonné, songea le centaure. Les humains se sont sûrement doutés de notre arrivée et ils ont fui comme des lapins en laissant tout derrière eux… y compris le vin ! »

L'éclaireur s'approcha de l'un des barils et huma le doux parfum de l'alcool. Incapable de se retenir plus longtemps, il y plongea la tête et avala plusieurs grosses gorgées.

– Excellent ! Excellent ! s'exclama-t-il à bout de souffle avant de replonger, encore et encore. Je m'en sers encore une petite lampée puis… puis… j'irai informer les… les autres !

Enfin, au bout d'une dizaine de minutes, le centaure repu trotta en titubant vers ses semblables.

– Alors ? demanda le chef qui avait commencé à s'impatienter.

– Ils sont… pff! haleta l'éclaireur en s'affalant. Disparu… ils ont disparu, mais ils ont… ils ont oublié le… les gros barils… de… de… vin…

– Mais tu es ivre! grogna le centaure. Il y a du vin, dis-tu?

– Bof! si peu!… pouffa la créature ivre en tentant de se relever. Pas de danger… là-bas… plus personne… Se… sont sauvés… Adieu, les humains! Plus là! Partis! Pouf!

À leurs côtés, un centaure, excité par l'état de son camarade, hurla:

– IL Y A DU VIN! ALLONS-Y! IL Y A DU VIN!

La nouvelle se répandit comme une traînée de poudre et l'armée entière se précipita vers le campement humain. À toute vitesse, les centaures investirent les lieux et plusieurs se mirent à boire goulûment. Alors qu'ils se bousculaient les uns les autres pour atteindre les barils le plus rapidement possible, certains furent blessés grièvement; d'autres, piétinés. Les plus forts n'hésitèrent pas à poignarder les plus faibles ou à égorger les plus avides dans le but de soutirer une plus grande part. Dans une cohue terrible, les centaures s'entredéchirèrent sans savoir que, tout près, une centaine de chevaliers attendaient le bon moment pour frapper.

Le plan de Barthélémy marchait à merveille. Comme il l'avait prévu, les centaures avaient découvert le campement et repéré les barils. Avant le départ, le seigneur avait pris soin d'ajouter au vin de l'alcool pur, ce qui l'avait transformé en une véritable bombe enivrante. Puis, sous les tentes et plus loin dans la plaine, les chevaliers avaient creusé des tranchées dans lesquelles ils guettaient patiemment. Les toits de ces cachettes, formés de boucliers recouverts de sable, leur permettaient de sortir à tout moment. Ils avaient délibérément laissé leurs épées dans le campement pour déjouer les centaures et les mettre en confiance, mais, le moment venu, ils les attaqueraient avec leurs pelles aux rebords limés et tranchants comme des couteaux. Oui… le plan du seigneur était parfait…

— Encore quelques instants et ce sera à nous, dit le seigneur à un de ses hommes en observant la scène par la fente qu'il y avait entre la terre et son bouclier un peu soulevé. Ils sont presque tous ivres ; ce sera vraiment un jeu d'enfant pour nous.

— Mon cor est prêt, seigneur, répondit le chevalier. Je sonnerai l'attaque à votre signal.

— Alors, prépare-toi, mon brave, fit Barthélémy en ricanant. Sous peu, le monde des morts recevra une délégation importante de stupides créatures ivres! PRÊTS? ALLONS-Y!

Barthélémy jaillit de sa cachette au son lancinant du cor de guerre. À son tour, le bataillon des chevaliers émergea partout de la plaine et du campement en poussant des cris de barbares. Les centaures enivrés eurent à peine le temps de comprendre qu'ils étaient attaqués que, déjà, les pelles acérées s'abattaient sur eux. Affaiblis par l'alcool et par leurs propres bagarres, les humanoïdes mordirent bien vite la poussière. Les chevaliers savaient manier divers types d'armes et utilisaient leur pelle à la manière d'une claymore. La boucherie dura à peine dix minutes et aucun humain ne fut blessé.

Tous les centaures étaient morts. Tous.

– BON! Levons le camp immédiatement et laissons là les cadavres! ordonna le seigneur. Les vautours s'en chargeront bien! Attendez… je viens d'avoir une idée… ZACK!

– Oui? répondit le jeune moine en accourant. Que puis-je pour vous?

– Tu m'as dit, n'est-ce pas, que la tête de ces créatures recelait des pouvoirs?

– Ce ne sont pas exactement des pouvoirs magiques comme nous le concevons. Il s'agit plutôt d'une symbolique très forte dans leur culture, le corrigea Zacharia.

– Alors, c'est très bien, fit Barthélémy avec un ricanement. Décapitez-les-moi! Nous voyagerons avec leurs têtes accrochées à nos chevaux! Je jure que si nous croisons d'autres centaures, ils n'oseront pas s'approcher et nous laisseront parcourir leur territoire en paix…

– Je ne crois pas que ce…

– D'accord, merci, Zack! Retourne donc te cacher dans ton trou, se moqua le seigneur pour l'empêcher d'argumenter. ALLEZ, OUSTE! EXÉCUTION! REPRENEZ VOS ÉPÉES ET TRANCHEZ-MOI CES TÊTES! NOUS EN AURONS BESOIN POUR LE VOYAGE…

Frustré et humilié, Zacharia alluma une torche et se rendit à la tente où il avait laissé ses affaires de voyage. En les ramassant, il remarqua que l'aiguille de la boussole remuait curieusement. Elle qui avait été plutôt fixe durant tout le trajet, voilà que maintenant elle s'agitait en pointant le sud. Immédiatement, le jeune moine en informa son seigneur.

– Bravo encore une fois, Zack! dit Barthélémy. Nous suivrons cette boussole! Peut-être trouverons-nous quelque chose d'intéressant!

Sans savoir pourquoi, Zacharia eut un serrement au cœur. Un mauvais pressentiment l'envahit et une angoisse profonde lui tordit l'âme. Le jeune homme eut la certitude qu'il ne reverrait jamais les vertes contrées de Bratel-la-Grande.

7
Sator

Barthélémy scruta l'horizon et vit au loin un nuage de poussière caractéristique du passage d'un cheval.

– Nous approchons d'une chose qui, de son côté, semble nous fuir! dit-il fièrement. La boussole indique toujours la même direction?

– Oui, confirma Zack. L'aiguille est directement pointée vers le nuage de poussière, au loin!

– Très bien, nous établirons le camp ici!

Après s'être arrêté, le seigneur désigna cinq de ses meilleurs cavaliers pour poursuivre la quête.

– Allez voir ce qui se passe là-bas! Et ne revenez pas sans informations! Je ne supporterais pas de devoir vous punir...

Les chevaliers acquiescèrent d'un signe de tête et s'élancèrent vers le sud à toute allure. Le seigneur ordonna ensuite que l'on monte les tentes et que l'on prépare le repas.

Personne n'avait dormi ni mangé depuis la bataille de la nuit précédente et tous étaient affamés et très fatigués. Heureusement, ils avaient refait le plein de provisions en pillant un quelconque camp de centaures rencontré au hasard de leur route. Ils y avaient trouvé de la viande salée et, surtout, des dizaines de sacs de fruits séchés, de farine de blé et de céréales au goût très relevé.

Le seigneur exigea que l'on empale les têtes des centaures tout autour du camp en guise d'avertissement pour ceux qui pourraient vouloir les attaquer. Protégés par le cercle symbolique qu'ils avaient créé, les chevaliers pourraient prendre une bonne nuit de repos sans craindre de se faire égorger au beau milieu de leurs rêves.

Une fois l'installation terminée, les éclaireurs revinrent en tirant derrière eux une jeune centaure dont ils avaient ligoté les poignets. La créature avait de très longs cheveux rouges, des yeux verts comme le jade et son torse était recouvert d'un vêtement de cuir usé. Les poils de son corps chevalin avaient les teintes fades du paysage environnant. À l'aide d'une corde qu'ils lui avaient passée autour du cou, les chevaliers la lancèrent au centre du camp où, terrorisée, elle tomba en sanglotant.

« Le spectacle des têtes coupées fait de l'effet…, pensa Barthélémy en voyant la jeune centaure apeurée. Ne lui laissons pas la chance de se tranquilliser… »

Sans tarder, le seigneur dégaina son épée, l'empoigna par les cheveux et appuya la lame de son arme contre sa gorge.

– Alors, petite pouliche, parles-tu notre langue ou dois-je te l'apprendre par la force ? Je veux la toison d'or, où est-elle ? Tu comprends ? LA TOISON D'OR !

La centaure ferma les yeux et respira profondément. Elle ne comprenait rien de ce langage humain, mais craignait de subir le même sort que son père et ses trois frères qu'elle avait reconnus, la tête empalée sur un pieu. La sienne allait peut-être tomber bientôt…

– Tu ne comprends rien, hein ? continua Barthélémy violemment. Sale créature du mal ! Vicieuse bête des Enfers !

Le seigneur relâcha son étreinte et assena à la centaure un coup de poing en plein visage qui lui fit perdre connaissance. Elle tomba lourdement par terre et son nez se mit à saigner abondamment.

– Qu'on la transporte dans la tente de Zack ! hurla le chevalier à ses hommes. S'il dort, réveillez-le et dites-lui de l'interroger, je veux des réponses demain matin au plus tard !

Zacharia était effectivement endormi quand les chevaliers surgirent dans sa tente avec la jeune centaure blessée. Ils lui transmirent les directives du seigneur et disparurent.

Le pauvre garçon à moitié réveillé dut obéir immédiatement aux ordres et, malgré son épuisement, il se plongea dans ses livres. Comme ils formaient une société fermée, les centaures ne s'exprimaient évidemment pas comme les humains et il se devait de découvrir les codes de leur langage.

En parcourant ses traités ethnologiques de cultures anciennes, Zacharia découvrit en prime quelques fascinantes informations sur les femelles centaures. Ces pauvres créatures avaient la vie bien difficile et n'espéraient aucun respect de la part des mâles. Elles étaient considérées comme des sous-êtres incapables de penser par elles-mêmes et tout juste bonnes à perpétuer la race. De plus, elles n'avaient droit à aucune éducation et demeuraient toute leur vie durant au service de leur père, de leur mari ou de leurs frères. Aussi, elles recevaient à la naissance un talisman familial qui, lorsqu'elles atteignaient l'âge de quatorze ans, moment où leur père leur choisissait un mari, était remplacé par une marque au fer rouge dans le cou. Comme du bétail, la jeune centaure était marquée du sceau de son époux et allait rejoindre le troupeau des femmes du clan. En effet, un centaure avait souvent plus d'une épouse et les chefs de clan les plus forts pouvaient facilement en posséder une dizaine. Les femelles pouvaient également être employées comme monnaie d'échange au cours de conflits tribaux et il n'était pas rare que les plus âgées d'entre elles finissent abandonnées dans le désert. Les jeunes femelles ne jouissaient donc d'aucune considération. Une maxime centaure disait même ceci : « Si tu accouches d'un mâle, prends-en soin. Si c'est une femelle, ignore-la. »

Zacharia regarda sommairement le corps de la centaure et n'y releva aucune marque spéciale. Il en déduisit qu'elle avait moins de quatorze ans et qu'elle n'était pas encore mariée. Le talisman qu'il vit à son cou confirma son hypothèse. Le moine saisit alors sa boussole et se déplaça tout autour du corps inanimé. Quel que fût l'axe dans lequel il se trouvait, l'aiguille demeurait rivée sur l'humanoïde !

« La toison d'or serait donc… elle ! Mais pourquoi cette centaure ? » se demanda Zacharia.

À ce moment, la jeune centaure reprit conscience et s'étouffa en crachant du sang. Rapidement, Zacharia la redressa afin de libérer ses voies respiratoires. Elle toussa longuement en expulsant à chaque fois beaucoup de sang avant d'arriver à respirer normalement. Le moine alla chercher un linge humide et lui nettoya délicatement le visage. La centaure se laissa faire sans rechigner, trop amochée qu'elle était pour se débattre. Elle finit même par apprécier ce geste de tendresse, chose rare pour un être de sa culture.

Zacharia porta ensuite une gourde à ses lèvres afin qu'elle se désaltère. Les mains toujours attachées derrière le dos, la jeune humanoïde but goulûment avant de tout recracher brusquement par terre. Elle en redemanda de nouveau mais, cette fois, elle avala tout.

– Peux-tu comprendre notre langue? demanda gentiment Zacharia.

– *Nesta poplius jux*, répondit la centaure sans aucune agressivité.

– Bon… Je m'appelle ZA-CHA-RIA! fit le jeune moine avec de grands gestes.

– *Soyi SA-TOR*, dit-elle en signalant d'un mouvement qu'elle avait compris.

– Sator! fit Zacharia, intrigué par ce nom qui lui rappelait quelque chose.

– *Xi ac, soyi Sator… Èshs Zacharia?*

– C'est bien cela… Zacharia… c'est bien mon nom! Tu le prononces très bien, tu sais…

Un long silence s'installa alors. Zacharia réfléchit à la façon dont il pouvait arriver à communiquer avec cette créature. Il avait des questions à lui poser et il devait obtenir des réponses.

Le jeune moine finit par prendre la boussole et la lui présenta. Il tenta de lui expliquer le mieux possible que l'aiguille pointait systématiquement vers elle. Ce n'est qu'au bout de longues explications et de plusieurs démonstrations de boussole que Sator comprit enfin la situation. Tout était devenu clair dans son esprit et elle se mit à rougir.

– Est-ce que tu comprends ce que je dis? Dis-moi, comprends-tu?

La centaure fit un signe affirmatif de la tête et demanda, à l'aide de quelques mouvements, que Zacharia lui détache les mains. Sans penser aux conséquences de son geste, le moine s'exécuta et lui libéra les poignets.

Sator prit alors la gourde et versa un peu d'eau sur les poils de son corps. Elle se frotta vigoureusement pour en décoller la poussière, faisant apparaître un pelage de couleur or. Elle montra ensuite à Zacharia ses cheveux dont la repousse était aussi dorée que les blés. Puis la centaure pointa du doigt les poils près de la boussole et fit clairement signe à Zacharia qu'ils étaient les siens.

– Quoi, ces poils sont les tiens ? s'alarma Zacharia, abasourdi. Attends… mais c'est impossible ! C'est une peau de bélier que nous cherchons, pas une… Oh ! non ! je me suis trompé ! Nous avons suivi une mauvaise piste ! À moins que…

Le moine oublia complètement la centaure et replongea la tête la première dans un bouquin. Paniqué, il en tourna frénétiquement les pages, puis s'arrêta à un paragraphe. Il lut que, chez certains peuples, la toison d'or se nommait aussi « la Sator ». Mais oui ! Voilà pourquoi ce nom ne lui était pas inconnu !

– Mais… cela signifierait que la toison d'or, c'est… c'est toi ! s'exclama Zacharia. Mais comment cela peut-il être possible ? Rien n'indique dans mes livres que… que… qu'une créature puisse… Je ne comprends plus rien…

Sator constata le désarroi du jeune homme. Elle aurait voulu l'aider, mais elle ne comprenait même pas la nature de son problème. La centaure ne savait pas non plus ce qu'était un livre et, d'ailleurs, elle se demandait comment tous ces objets devant eux pouvaient réussir à causer autant de soucis à cet humain. Si elle avait pu lui parler, Sator aurait raconté à Zacharia que son père et ses frères l'avaient trouvée dans le désert et qu'ils l'avaient adoptée dans l'espoir de la vendre. Sa famille pensait que, grâce à son pelage doré, elle pourrait un jour être achetée par un prospère chef de clan. La jeune pouliche était magnifique et les centaures importants du royaume se l'arracheraient! Cependant, avant le grand jour de son mariage arrangé, il fallait être prudent afin d'éviter la convoitise des mâles, voilà pourquoi ses frères teignaient ses cheveux avec du jus de cerises sauvages et qu'ils prenaient bien soin de souiller quotidiennement son pelage avec du sable et de la cendre. Sator était une perle dans un écrin terreux.

— Mais pourquoi quelques-uns de tes poils se sont-ils retrouvés dans le trésor du roi des faunes? réfléchit Zacharia à haute voix. Et si tu es véritablement la toison d'or, les centaures que nous avons tués l'autre nuit auraient dû être indestructibles parce qu'ils te possédaient? Même ivres, ils auraient pu nous massacrer… Il y a là-dessous un mystère que je n'arrive pas à saisir…

La jeune centaure sourit en voyant Zacharia se parler à lui-même. Cet humain lui paraissait très sympathique et il avait une grande bonté dans les yeux. C'était d'ailleurs la première fois qu'elle en côtoyait un de si près. Ses frères lui avaient dit que tous les hommes étaient des sauvages, mais celui-là paraissait intelligent et vif d'esprit. Bien sûr, il n'était pas très attirant physiquement avec ses maigres jambes et son corps de singe, mais ses expressions étaient rigolotes et sa voix, très douce. Il semblait aussi très tendre et amusant.

– Pourquoi me regardes-tu ainsi? lui demanda Zacharia, surpris par le regard de la centaure. Tu as des yeux espiègles, toi! Je me demande bien à quoi tu penses.

À ce moment leur parvinrent des bruits de pas à proximité de la tente. Le jeune moine se figea, affolé à l'idée que Barthélémy découvre qu'il avait détaché la prisonnière. Sator comprit immédiatement ce qu'elle avait à faire. Elle se jeta par terre et s'empressa de mettre ses mains derrière son dos, comme si elle était toujours ligotée. Comme pressenti, le seigneur apparut à l'entrée de la tente.

– Et puis, Zack? Des résultats? lui demanda-t-il.

– Non, toujours rien…, fit sèchement le jeune moine. Je cherche…

– Non, tu trouves ! Et très vite, je te préviens !

– Je fais tout ce que je peux…

– Alors, il faut en faire davantage ! insista le seigneur. Maintenant, je m'en vais dormir et, dès mon réveil, je veux des réponses, sinon…

– Sinon quoi ? lança effrontément Zacharia, fatigué de se faire bousculer.

– Sinon je tranche la gorge à cette ordure de centaure et je te fais bouffer tes livres ! siffla le seigneur en lui enfonçant son poing dans l'estomac.

Le souffle coupé, Zacharia tomba la face contre terre.

– Ceci est pour t'apprendre la politesse quand tu m'adresses la parole, petit insolent, précisa Barthélémy. Tu sauras que je m'applique à corriger tous les écarts de conduite de mes hommes, toi y compris ! Bonne nuit… de travail ! Ha ! ha ! ha !

Le seigneur ayant quitté les lieux, Sator se releva précipitamment pour aider Zacharia à se redresser. Comme il l'avait fait pour elle, la centaure lui passa un linge humide sur le visage, puis lui présenta la gourde. C'est alors que le jeune homme prit une décision.

– Personne ne te fera de mal, promit-il à Sator. Car, ce soir, nous fuyons ensemble !

8
L'ouverture de la porte

Lolya s'était préparée et elle était désormais en mesure de présider la cérémonie de l'ouverture de la porte des Enfers. Elle savait aussi que l'utilisation de la dague de Baal était un acte chargé d'une lourde responsabilité. Il pourrait en découler de terribles conflits entre les vivants et les morts, entre les dieux et leurs sujets. Quoi qu'il en soit, elle était prête et la présence d'Amos, de Béorf et de Médousa lui donnait confiance.

Les moines de l'abbaye, ne sachant pas exactement comment procéder pour accomplir la célébration tant attendue, laissèrent la jeune nécromancienne agir à sa guise. Lolya s'inspira d'un rituel de son peuple directement puisé dans les pratiques ténébreuses des premières tribus.

Mais les choses ne se passèrent pas comme Lolya l'avait prévu. Au moment où elle allait purifier la dague avant de l'enfoncer dans la serrure de la porte, elle s'entailla légèrement la main et une goutte de sang glissa sur la lame. C'est alors que la jeune Noire vit son reflet s'animer et commencer à lui parler :

– Bonjour, lui lança sa propre image.

– Mais… mais que se passe-t-il ? demanda Lolya, les yeux rivés sur la dague. Qui êtes-vous et que me voulez-vous ?

– Je veux être ton amie, répondit le reflet.

– Mais… mais je ne comprends pas, dit la nécromancienne pour toute réponse.

Les moines qui avaient entonné un hymne lugubre aux accents graves poursuivirent leur chantonnement, mais ils se regardèrent les uns les autres, étonnés de voir Lolya parler à la dague de Baal. D'autant que la jeune fille, normalement si sûre d'elle, semblait tourmentée. La voyant ainsi, Amos s'avança vers elle.

– Est-ce que ça va, Lolya ? Tu sembles déroutée… Veux-tu que je t'aide ?

– Tu ne veux pas être mon amie ? insista le reflet sur un ton mielleux.

– Oui, je veux bien, mais… mais d'abord qui es-tu ? dit-elle sans toutefois faire attention à Amos.

– Mais je suis Amos, ton copain Amos Daragon…, répondit le garçon, troublé puisqu'il ne pouvait ni voir ni entendre le reflet. Que se passe-t-il? Tu parles toute seule maintenant?

– Je suis toi et tu es moi, nous sommes donc nous! déclara la dague en rigolant. Et je sais que nous deviendrons de très grandes amies. Garde-moi toujours près de toi, je saurai t'être utile...

– Oh! serais-tu un esprit farceur? demanda Lolya, ignorant toujours Amos. Et de quel monde viens-tu?

– Non et je n'ai vraiment pas envie de blaguer, Lolya. Et le monde d'où je viens!? Mais qu'est-ce qui te prend? répliqua le porteur de masques, de plus en plus perplexe.

Les moines s'arrêtèrent de chanter et fixèrent la jeune nécromancienne. Amos se fit donc un peu plus insistant:

– Lolya! Parle-moi, tu m'inquiètes beaucoup...

– Ta cérémonie n'est plus nécessaire, confia la dague à la jeune Noire. Tu n'as qu'à m'utiliser comme clé et le tour sera joué. Comme tu sais, il y a une large fente au centre de la porte... Allez! Bonne chance et on se revoit bientôt!

– Hé, tu n'as pas répondu à mes questions! s'empressa de dire Lolya. J'ai besoin d'en savoir plus sur toi!

– J'ai répondu à toutes tes questions et tu sais déjà tout ce que tu dois savoir, s'impatienta Amos. Arrêtons cette cérémonie immédiatement. Tu as besoin de revoir tes…

Bizarrement, Lolya semblait ne pas s'apercevoir de la présence d'Amos.

Elle détacha alors son regard de la dague et se dirigea d'un pas rapide vers la fameuse porte. Elle suivit promptement les indications qu'elle avait reçues, c'est-à-dire qu'elle fit pénétrer la lame dans la serrure sans aucune forme de cérémonie. À ce moment, un grincement assourdissant se fit entendre et tous les spectateurs se bouchèrent machinalement les oreilles. Puis Lolya retira la dague, le bruit cessa et la porte s'ouvrit lentement. Béorf, qui s'était préparé à voir surgir des démons, des monstres, de la fumée, du feu ou, pire encore, des milliers de damnés implorant la délivrance, fut étonné de constater que le calme régnait toujours. De son côté, Médousa, qui se tenait prête à affronter une multitude d'incubes enragés, soupira de soulagement. Amos, sur ses gardes, regarda nerveusement autour de lui, alarmé qu'il était par l'inconfortable silence. Lolya bougea et la porte s'ouvrit encore un peu plus.

C'est alors que tous virent une patte de cheval passer par l'entrebâillement de la porte et se poser sur le sol. Une deuxième patte suivit bientôt, puis c'est la tête de l'animal qui surgit. D'un vigoureux coup d'épaule, la bête noire aux yeux de feu finit d'ouvrir la porte et pénétra dans l'abbaye. Une odeur de pourriture envahit alors les lieux et plusieurs moines indisposés se mirent à vomir. Ils sentirent ensuite une chaleur étouffante se répandre dans tout le bâtiment. C'était comme si les pierres de l'abbaye avaient été soudainement allumées de l'intérieur. Les tableaux et les tapisseries accrochés aux murs commencèrent à s'enflammer. Enfin, ce furent les cadres de portes et les boiseries qui s'embrasèrent instantanément.

– TOUT LE MONDE DEHORS! cria Béorf en soulevant Lolya qui paraissait encore désorientée.

Médousa se précipita vers l'extérieur en agrippant Amos par le bras.

– Allez, fuyons! lança-t-elle.

– Toi, pars! Moi, je reste! trancha Amos. Avec mes pouvoirs, je peux facilement supporter cette chaleur. Donnons-nous rendez-vous dans la chapelle de l'autre côté de la tourbière…

– CE N'EST PAS PRUDENT! insista la gorgone. VIENS TOUT DE SUITE!

– Ne t'en fais pas pour moi! Tout ira très bien!

– Alors, comme tu voudras! capitula Médousa qui s'éloignait déjà. Je te fais confiance!

La gorgone quitta à toute vitesse les lieux en se faufilant à travers les moines paniqués. Amos fut bientôt seul devant la porte des Enfers et utilisa ses pouvoirs pour absorber la chaleur ambiante afin d'augmenter celle de son corps. Ainsi, il s'adapta aisément au lieu surchauffé et put regarder attentivement la bête.

Le cheval portait un cavalier sur son dos. Amos sut tout de suite qu'il s'agissait d'un démon appartenant aux légions infernales du général Forcas, car il affichait sur sa brigandine une bannière bourgogne marquée d'un sceau qui représentait la lame d'une hallebarde. Sur sa tête, un heaume à la visière fermée ne laissait entrevoir qu'une paire d'yeux rouges. Muni d'un marteau de guerre aux formes insolites, le cavalier descendit lourdement de sa monture et alla en droite ligne vers Amos. Le garçon se raidit tout en préparant une bourrasque de vent capable de clouer au sol le plus entêté des démons. Mais, juste avant qu'il ne lance son sort, le cavalier s'arrêta et leva sa visière. Le garçon reconnut la balafre distinctive de Yaune le Purificateur.

– Je suis ici pour te servir, annonça le démon en posant un genou contre terre.

Dans le monde des vivants, Yaune était beaucoup plus horrible à regarder que dans le monde des morts. Son épiderme avait la couleur du sable et il avait perdu la moitié de ses dents. La partie gauche de son visage était arrachée, laissant sa peau pendre mollement sous son casque. De ses yeux coulaient en permanence des larmes de sang, alors que de son corps émanait une odeur de charogne. Amos eut un haut-le-cœur, mais réussit tout de même à dissimuler sa répugnance.

– Yaune? lança-t-il, surpris. Mais… mais que fais-tu ici?

– Bonjour, Amos. Oui, je t'explique… Alors que j'étais sur le pont de l'Achéron et que je regardais le monde des vivants en soupirant, j'ai reçu une communication d'un dénommé Arkillon. Tu le connais, n'est-ce pas?

– Oui, très bien, répondit Amos. Il m'a donné un sérieux coup de main lorsque j'étais à Braha et je lui ai fait parvenir une demande urgente afin qu'il m'aide.

– Donc, tu seras content d'apprendre qu'il m'a remis quelque chose pour toi. Je te le donne. Il est…

– Mais avant, l'interrompit Amos, comment as-tu pu trouver ton chemin jusqu'ici?

– J'ai été guidé par Arkillon jusqu'au deuxième niveau des Enfers, jusque sur le territoire de Baal. Dans son message, ton ami m'a confié que tu cherchais un gardien pour assurer la sécurité de la porte des Enfers et j'ai tout de suite accepté l'offre. Je n'ai pas attendu très longtemps avant que m'apparaisse une arche de pierre avec les mots «de chair et de sang» gravés à son sommet. Je l'ai franchie et suis arrivé ici, devant toi…

– Dans le monde des vivants! s'exclama le garçon. Toi qui rêvais d'y revenir, es-tu content?

– Je n'ai jamais été aussi heureux, affirma Yaune. Heureux d'être de retour… heureux de te rendre service à nouveau.

– Tu seras un excellent gardien, Yaune…

– Et un général très fidèle, continua Yaune. Arkillon m'a demandé de déployer ici, dans le monde des vivants, une armée de démons qui seront sous tes ordres. Tu auras besoin de notre puissance le moment venu…

– Le moment venu? répéta Amos, surpris.

– Ton ami Arkillon en sait plus que moi, alors… je te laisse le soin d'écouter ce qu'il a à te dire.

Yaune se rendit à son cheval et il retira d'un sac en mailles de fer une poterie ronde.

– Brise-la, et tu libéreras le message d'Arkillon… C'est ainsi qu'il communique…

Amos laissa tomber la poterie sur le sol et entendit la voix d'Arkillon.

Voici ton gardien, Amos. J'espère qu'il te plaira ! J'avais pensé t'envoyer Ogocil, mais il est trop bête… Bref, à mon tour, j'ai une demande pressante à te faire. Écoute bien, car ce que j'ai à te dire est de la plus haute importance. Un chevalier du nom de Barthélémy cherche actuellement à s'emparer d'une arme divine. Il s'agit de la toison d'or qui rend invincible quiconque s'en couvre les épaules. Barthélémy est manipulé par le dieu Seth qui, par l'intermédiaire d'une déesse mineure appelée Zaria-Zarenitsa, le garde complètement ensorcelé. Seth n'a qu'un seul but : il désire semer le chaos dans le monde des vivants afin de renforcer le pouvoir des dieux sur les hommes. Il se servira de Barthélémy pour déclencher une grande croisade durant laquelle lui et ses troupes tenteront d'éliminer tous les humanoïdes qui peuplent le monde. De l'avis du chevalier, ces êtres représentent le mal et ils doivent être éliminés. Tu dois empêcher Barthélémy d'utiliser la toison d'or et, si tu la trouves avant lui, t'assurer de la détruire. Tu ne dois pas échouer dans cette mission, sinon tes chances de rétablir l'équilibre du monde seront grandement compromises. La première génération de porteurs de masques était des elfes et nous avons lamentablement échoué. J'étais un de ceux-là. Voilà pourquoi notre race a été ensuite presque entièrement exterminée par les dieux qui voulaient se venger. Pour des raisons que j'ignore, la Dame blanche ne peut plus te parler directement et c'est moi qui interviens, en son nom, afin de te guider vers la réussite. Malheureusement, mes pouvoirs sont limités et je ne pourrai avoir que de rares contacts avec toi. Il y a tant de choses que j'aimerais te révéler, mais tu devras les découvrir par toi-même. Bonne chance dans la poursuite de ta quête… Nous pensons à toi, à Braha.

La révélation d'Arkillon venait de préciser les propos de Sartigan. Amos pensa alors au livre que lui avait donné son vieux maître devant les écuries de Berrion. Il avait été trop occupé à poursuivre les ravisseurs de Lolya pour se soucier de l'histoire du vieillard.

« J'espère qu'il n'est pas trop tard, songea-t-il. Je dois vite rejoindre Béorf, Médousa et Lolya à la chapelle pour les informer du message d'Arkillon. J'espère que nous pourrons agir vite avant que Barthélémy ne mette la main sur la toison d'or ! »

– Tu sembles soucieux, dit Yaune, les nouvelles sont-elles mauvaises ?

– Oui, assez, confirma Amos. Je n'ai pas été assez vigilant et je dois maintenant rattraper un important retard !

– Puis-je t'être utile pour quoi que ce soit ?

– Non, tu dois demeurer ici pour surveiller la porte, c'est trop important… Maintenant, je dois partir, mais nous nous reverrons bientôt. Enfin, j'espère…

– Bien sûr, à plus tard alors. Tu diras aux habitants de l'abbaye que je réquisitionne les lieux. Explique-leur également qu'il y aura bientôt une armée de démons dans ces murs !

– Avec cette chaleur, je suis certain que tu demeuras l'unique maître de cette abbaye ! lança Amos en riant avant de quitter l'endroit.

– Ha ! ha ! Oui… Nous, les démons, sommes un peu douillets ; nous supportons mal le froid… hé ! hé ! hé !

9
L'étude des livres

Médousa s'approcha doucement de Lolya.

– Alors, ça va mieux ? lui demanda-t-elle.

– Oui, répondit la jeune Noire. Sauf que je ne me souviens de rien...

– Comme Béorf te l'expliquait tout à l'heure, on aurait dit que tu étais tombée en transe. Tu parlais à la dague comme si elle te répondait !

– C'est quand même étrange...

– Pas le moindre souvenir donc ?

– Presque rien, regretta Lolya. Oh! je me rappelle bien avoir fait une incantation pour purifier la lame, mais... c'est tout ! Je me suis réveillée dans les bras de Béorf pendant que nous traversions la tourbière à toute vitesse.

– Comme tu le sais maintenant, l'abbaye a flambé, dit tristement Médousa. Les pauvres moines se promènent autour de leurs bâtiments, mais la chaleur est si forte qu'ils sont incapables d'approcher...

– Crois-tu qu'il y a un lien direct entre l'incendie et l'ouverture de la porte des Enfers? demanda Lolya.

– Sans aucun doute! affirma Médousa. En tout cas, j'ai hâte qu'Amos nous raconte ce qu'il a vu à l'intérieur de l'abbaye.

– Le voilà, c'est lui! se réjouit Lolya en allant à sa rencontre.

– Moi, je vais chercher Béorf à l'intérieur de la chapelle! dit Médousa. J'imagine qu'il est encore à la recherche de quelque chose à manger…

À son arrivée sur le site de la chapelle, Amos raconta dans les moindres détails l'entretien qu'il avait eu avec Yaune le démon et rapporta le message d'Arkillon. De toute évidence, la mission de Lolya à l'abbaye était terminée et ils devaient maintenant découvrir la toison d'or avant Barthélémy.

– As-tu feuilleté le livre que Sartigan nous a donné lors de notre départ de Berrion? demanda Amos à son ami Béorf.

– Oui, un peu, mais il n'y a rien là-dedans de très intéressant. On y parle de la légende de la toison d'or et de ses différentes versions, mais c'est à peu près tout. Je ne vois pas en quoi ce volume pourrait nous être utile…

– Bon…, soupira Médousa, nous voilà bien avancés! Alors, on commence par où?

– Ce qu'il nous faudrait, continua Béorf, c'est une bibliothèque bien garnie où on pourrait consulter des textes rares traitant des mythes, des légendes et des dieux. Seulement, j'ignore complètement où se trouve une telle collection!

– Quelque part, dans une grande ville peut-être? proposa à tout hasard Lolya.

Mais Amos riait déjà en pointant Béorf du doigt.

– Qu'est-ce qui te prend encore? lui demanda son ami. Tu as besoin de ton médicament? Je pense que tu nous fais une petite rechute…

– Mais non, arrête! C'est que tu me surprendras toujours, Béorf! dit Amos en essayant de contenir son emballement.

– Qu'est-ce que j'ai encore dit de si amusant?

– Mais réfléchis un peu, voyons! Une bibliothèque! Tu ne connais pas d'endroit où se trouve une impressionnante collection de livres?

– Non, répondit le béorite en haussant les épaules. Franchement… je ne vois pas…

– Ton père, Béorf! Ton père!

– Qu'est-ce qu'il a, mon père?

– Tu ne te souviens pas de sa biblio…

– LA BIBLIOTHÈQUE DE MON PÈRE! s'exclama Béorf avec fougue. Mais oui, il y a là une impressionnante collection de… de… DE TOUT! Mais oui, elle est sur les terres de Bratel-la-Grande, tout juste sous le gros arbre dans la forêt! Tu te rappelles, Amos, nous y avons même passé la nuit après notre expulsion de la capitale!

– Si je m'en souviens! C'est là que j'ai trouvé *Al-Qatrum*!

– Alors, c'est parfait! Allons-y vite!

– C'est que nous sommes à des centaines de lieues de Bratel-la-Grande, Béorf! soupira Lolya. C'est un long voyage!

– Tu n'as jamais filé à la vitesse du vent sur des chevaux, n'est-ce pas? lui dit Amos avec un clin d'œil.

– Oh! là là! fit la jeune Noire, épatée. J'avais oublié tes nouveaux pouvoirs!

***

Béorf retrouva l'arbre sans peine et ouvrit la trappe avec discrétion, car il avait remarqué des traces tout près. Suivi d'Amos, de Lolya et de Médousa, il descendit dans la bibliothèque de son père en prenant bien soin de ne pas faire de bruit.

Surprise: des dizaines de chandelles allumées étaient disposées sur le bureau, et le son d'un ronflement leur fit remarquer que quelqu'un dormait dans le fauteuil d'Évan Bromanson. Des livres étaient éparpillés aux quatre coins de la pièce en désordre. Béorf transforma alors ses mains en de puissantes pattes d'ours et hurla:

– QUI ÊTES-VOUS ET QUE FAITES-VOUS CHEZ MOI?

L'homme dans le fauteuil bondit comme s'il avait été piqué et poussa un cri de… chouette! En se tenant la poitrine à deux mains et en trépignant, il continua à ululer! Incapable de se calmer, il se cogna la tête à une poutre, retomba assis dans le fauteuil avec lequel il culbuta. Son pied heurta le bureau, entraînant la chute des chandelles. Le feu commença alors à se répandre autour du meuble.

– Ne vous inquiétez pas, lança Amos avec un sourire, je m'en occupe… Toi, Béorf, assure-toi que ce pauvre bougre n'est pas mort. Je pense que tu lui as fichu la peur de sa vie!

– Je crois que son cœur a explosé! dit Lolya en rigolant.

– Chose certaine, ajouta Médousa, pour le moment, il est inoffensif !

Pendant qu'Amos était affairé à éteindre les quelques papiers en flammes, Béorf ramassa une chandelle et éclaira la figure de l'étranger. Il s'agissait d'un vieillard très crasseux, couvert de terre.

– Mais je vous connais, vous ! s'écria Béorf en l'observant. Vous êtes le druide qui a posé d'étranges questions à Amos alors que nous... Mais oui ! À Bratel-la-Grande, tout juste après l'invasion des gorgones...

Le vieillard ouvrit les yeux, reprit ses esprits et reconnut Béorf.

– Bonjour, Béorf, fit-il, à bout de souffle. Vous avez raison, nous nous sommes déjà rencontrés, je suis...

– Mastagane le Boueux ! s'exclama joyeusement Amos en se penchant vers lui. Je peux vous aider à vous relever ?

– Ne bougez plus ! ordonna Mastagane, soudainement paniqué. Derrière vous ! Une gorgone, juste derrière vous !

– Ça fait toujours plaisir d'être accueillie si chaleureusement ! râla Médousa en reculant de quelques pas. Décidément, je ne passerai jamais inaperçue !

– Ne craignez rien, Mastagane, nous l'avons bien dressée, celle-là! le rassura Béorf en riant. Elle est docile à souhait, elle obéit au doigt et à l'œil!

– J'en connais un qui va se faire botter le derrière s'il continue à divaguer! grogna la gorgone, à moitié sérieuse.

– Allez, debout! dit Amos en empoignant le druide.

Mastagane, le cœur encore battant, se releva difficilement. Le vieil homme n'avait pas changé d'un poil. Il avait encore sa longue barbe grise, et ses cheveux étaient affreusement emmêlés, toujours remplis de bouts de branches, de foin et de feuilles d'arbres séchées. Il portait sa sempiternelle robe brune, tachée et trouée de partout. Ses mains étaient couvertes de mousse, mais le champignon rouge qu'il avait dans le cou avait fait place à deux bolets blancs, bien ronds.

– J'ai bien pensé mourir, murmura le druide en se massant la nuque. J'ai cru que tout s'effondrait. Ne me faites plus jamais cela, compris?

– D'accord, c'est noté… Mais…, se reprit poliment Béorf, vous semblez oublier que vous êtes chez moi… De mon côté, je ne pouvais pas savoir que c'était vous et si…

– Bien sûr, bien sûr, se morfondit le druide. J'occupe cette bibliothèque sans votre permission... Aussi, pardonnez-moi, mais je n'ai pu résister à la tentation de lire tout ce qui se trouve ici !

– Vous avez tout lu ? s'étonna Amos, les yeux écarquillés.

– Deux fois chaque livre ! lança fièrement Mastagane. Cette collection est fascinante ! Elle regroupe des sujets très étranges, mais combien intéressants !... Euh... euh...

– Que se passe-t-il ? demanda Béorf en remarquant que Mastagane fixait Lolya.

– La jeune fille à côté de vous est toute noire... Est-ce normal ?

– Tout à fait normal, soupira Amos en levant les yeux au plafond.

– Ah ! fit Mastagane, vous voyagez avec une gorgone et une jeune fille calcinée, c'est bien cela ?

– Exactement ! lui confirma le porteur de masques en retenant un fou rire.

– Calcinée ! s'indigna Lolya. Je suis calcinée maintenant !?

– Bienvenue dans le club des étranges créatures, ironisa Médousa en croquant un cafard bien frais.

– Elles semblent avoir du caractère, ces deux-là, nota le druide en toussotant. Je disais donc que…

– Que vous avez lu chacun des livres deux fois, continua Amos. Je pense que nous aurons besoin de vous, car vous nous ferez épargner un temps précieux. Nous sommes vraiment pressés.

– Je serais très heureux de vous aider, répondit Mastagane. De quoi s'agit-il?

– De la toison d'or, ça vous dit quelque chose? dit sèchement Béorf, un peu mécontent que quelqu'un se soit permis de lire les bouquins de son père sans son autorisation.

– Mais bien sûr que oui, fit Mastagane. C'est d'ailleurs une magnifique histoire… Regardez, il y a une section complète sur le sujet, là, juste derrière la jeune fille calcinée.

– Si vous répétez ça encore une fois, grommela Lolya, je sors le grimoire de Baya Gaya et je vous transforme en grenouille…

Sans le moindre égard pour elle, le vieux druide la poussa pour accéder aux rayons où se trouvaient les livres en question. Il s'empara d'une vingtaine de bouquins et les déposa sur le grand bureau.

– Il faudrait rallumer les chandelles et aussi une lampe à huile, déclara-t-il, les sourcils froncés. Avec mes yeux, c'est difficile de…

Amos claqua des doigts et toutes les mèches s'enflammèrent en même temps.

– Oh! s'exclama le vieil homme, admiratif. Je vois que vous avez fait du chemin depuis le bois de Tarkasis… C'est très bien… Très, très bien! Bon, vous êtes pressés, regardons ces livres…

– Nous devons localiser au plus vite la toison d'or, l'informa Amos sans détour.

– Seulement ça? ironisa le vieillard. Eh bien, ce ne sera pas facile, à cause de la division divine de la toison…

– C'est-à-dire? demanda Béorf.

– Un de ces livres raconte, commença Mastagane, que deux enfants furent un jour sauvés du bûcher par un magnifique bélier volant envoyé par les dieux. L'animal les transporta dans un royaume lointain où ils pourraient vivre en toute quiétude. Seulement, les enfants commirent une erreur: ils sacrifièrent le bélier pour l'offrir à leur nouveau roi. Ce sacrifice rendit les dieux furieux. Il leur était maintenant impossible de récupérer leur bête magique, puisqu'elle était morte. De longues années passèrent pendant lesquelles la toison se transmit de guerrier en guerrier jusqu'au jour où elle finit par disparaître…

– En quoi cette histoire nous avance ? pesta Béorf. Il n'y a aucun indice dans ce récit !

– Les choses ne disparaissent pas comme ça, du jour au lendemain, jeune béorite ! se fâcha le druide. Il faut poser les bonnes questions pour obtenir les bonnes réponses…

– Alors, quelle serait donc cette question ? s'énerva le gros garçon.

– QUI ? cria le druide. QUI A VOULU QUE LA TOISON DISPARAISSE !

– ALORS, DITES-NOUS « QUI » ! QU'ON EN FINISSE ! lança Béorf en haussant le ton.

– NON ! JE NE VOUS DIRAI RIEN ! VOUS ÊTES TROP AGRESSIF !

– MOI, JE SUIS TROP AGRESSIF ! ? VOUS ENVAHISSEZ LA BIBLIOTHÈQUE DE MON PÈRE SANS AUTORISATION ET ENSUITE VOUS…

– Calme-toi, Béorf, ordonna Amos en s'avançant vers son ami. Va m'attendre dehors…

– Je sors aussi, déclara Lolya. Allez, je t'accompagne…

– Jamais deux sans trois, fit la gorgone en grimpant à l'échelle à son tour.

– Vos amis sont bien étranges…, lança Mastagane quand il fut seul avec Amos.

– Si on revenait à nos oignons? dit le porteur de masques. Dites-moi… qui est derrière la disparition de la toison d'or? Votre lecture vous l'a-t-elle révélé?

– C'est un grand magicien, un alchimiste de grand talent qui, pour le bien du monde, l'a divisée en trois éléments distincts. Les composantes du pelage sacré sont devenues minérales, végétales et animales!

– Je ne suis pas certain de bien comprendre votre explication…

– C'est simple! La toison est maintenant en trois parties distinctes. La puissance surnaturelle de l'objet se trouve répartie dans une pierre, une plante et un animal. Regroupez les trois et vous reconstituerez la toison d'or!

– Ça, par exemple! Mais, comment faire pour localiser la pierre, la plante et l'animal?

– Ça, je l'ignore et encore faut-il que ce soient les bons… On dit que le grand alchimiste aurait laissé des indices avant sa mort, mais malheureusement ils seraient aussi perdus dans les méandres du temps.

Amos sortit du souterrain et rapporta les propos du druide à ses amis. Assis dans l'herbe, ils avaient tous les quatre la mine basse.

– Nous n'avons pas un seul indice pour commencer les recherches…, soupira Médousa.

– Non, rien de rien! répliqua Béorf, découragé.

– C'est le cul-de-sac, renchérit Amos.

– J'ai passé en revue tous les sorts, dit Lolya, il n'y a rien qui pourrait s'appliquer à notre quête.

– C'est un oracle qu'il nous faudrait, grommela le béorite avant d'aller s'étendre nonchalamment sous un arbre.

C'est alors que Delfès, l'oracle de la cité de Pégase, revint à la mémoire d'Amos. L'hommoiseau lui avait dit: «Je dois aussi te dire de commencer par l'île des Arkhous lorsque le temps sera venu…»

– BÉORF, tu es génial! s'écria le porteur de masques en sautant sur ses pieds. Nous devons nous rendre sur l'île des Arkhous! C'est le nom que l'oracle de la cité de Pégase a prononcé!

– Mais qu'est-ce que tu racontes?

– Je t'expliquerai plus tard, trancha Amos, ragaillardi par son idée. Je vais envoyer une sphère de communication à Flag pour qu'il nous rejoigne ici avec une flagolfière, puis une autre à Maelström, car nous aurons aussi besoin de lui!

– Dis-lui d'apporter la lance d'Odin, ajouta Médousa, elle nous sera sans doute utile!

– De mon côté, dit Lolya, je vais renouveler mon stock de plantes et de pollens avant le départ!

– Qui s'occupe des provisions? demanda Amos.

– Je m'en charge, répondit Béorf. Il y a dans cette forêt des dizaines de cachettes de nourriture remplies à ras bord par mes parents.

– Si ma mémoire est bonne, déclara Médousa, c'est dans un de ces fameux greniers secrets que nous sommes devenus amis, toi et moi. Je vais t'aider à tout transporter, ça me rappellera de bons souvenirs…

– Très bien, conclut Amos, je vais demander à Mastagane de nous dénicher des cartes de navigation! Dès que Flag et Maelström seront là, nous nous envolerons vers cette fameuse île!

– Voler! soupira Béorf… Rien que d'y penser, j'ai déjà la nausée!

10

La poursuite

Barthélémy ordonna que l'on fouille le camp, mais personne ne retrouva Zacharia et la jeune centaure.

– Quel est le plan maintenant? demanda l'un des lieutenants à son seigneur.

– Nous allons les pourchasser, pardi! Levez le camp et retrouvez-les! Ils ne devraient pas être trop difficiles à rattraper: Zacharia est tellement peu dégourdi!

Le seigneur rentra dans ses quartiers en rageant.

– Je déteste perdre du temps, grommela-t-il en ajustant son armure. Satané Zack! J'avais pourtant confiance en lui! Il a peut-être craqué sous la pression... Hum... ce serait une explication plausible... à moins que la centaure ne l'ait enlevé? D'une façon ou d'une autre, je dois le retrouver, car j'ai besoin de lui pour mettre la main sur cette fichue toison!

– En es-tu si certain? demanda une voix mélodieuse derrière lui.

– Te voilà enfin, ma douce Zaria-Zarenitsa! ronronna Barthélémy, soudainement radouci. Je t'attends tous les matins depuis bientôt trois semaines. M'avais-tu oublié, ma mie?

– Oh! que non! le rassura la déesse. Disons simplement que j'ai décidé de ne pas intervenir afin de te laisser travailler librement…

– Mais comment donc pourrais-je être libre sans toi? lui susurra le seigneur en lui posant les mains sur les hanches. C'est si bon de te revoir…

– Pas le temps de batifoler ce matin, mon brave chevalier, j'ai un indice important à te communiquer!

– Je t'écoute, ma douce Zaria-Zarenitsa…

– Rends-toi rapidement dans le Sud, au bord du grand lac Ixion et navigue jusqu'à la petite île qui se trouve en son centre. Tu découvriras là un chêne gigantesque d'une couleur rougeâtre et aux rameaux assez robustes. Tu remarqueras son écorce profondément cannelée et ponctuée de crêtes arrondies et irrégulières qui se divisent en segments carrés. Pour t'assurer qu'il s'agit du bon arbre, casse une de ses branches et tu verras que sa sève est jaune. Avec tes hommes, vérifie délicatement chacun de ses glands afin de ne détacher de sa branche que celui qui est doré. Tu prendras uniquement celui de couleur dorée.

– Et après ? Je le fais bouillir et je le mange ? plaisanta Barthélémy qui avait envie de se détendre un peu.

– Non, répondit sérieusement la déesse, tu le mettras dans la bouche de la jeune centaure que tu as capturée hier.

– Ce sera difficile, elle s'est malheureusement évadée !

– Si tu veux la toison d'or, fais ce que je te dis et tu ne seras pas déçu...

– Très bien, mais dis-moi, je...

Zaria-Zarenitsa se volatilisa sans même laisser le chevalier terminer sa phrase. Barthélémy demeura seul avec ses pensées.

« Facile à dire, songea-t-il, frustré de la brièveté de cette rencontre. Bon, enfin... je diviserai mes hommes en deux groupes et je commanderai moi-même ceux qui se rendront au grand lac Ixion. Les autres nous rejoindront après avoir capturé les fuyards... »

***

Zacharia et Sator s'arrêtèrent près d'une petite rivière boueuse. Ils avaient fui les chevaliers durant la nuit et, malgré les arrêts fréquents pour permettre au jeune moine de reprendre son souffle, ils bénéficiaient d'une confortable avance.

– J'ai tellement soif, dit Zacharia en tombant à genoux sur la rive. Enfin, de l'eau… de l'eau…

Sator le saisit par les épaules et le releva en faisant de grands signes de la tête. Elle essayait de le prévenir que l'eau n'était pas bonne à boire.

– Il faut que je boive, continua le jeune homme à grand renfort de gestes évocateurs. Je suis à bout de forces… Surtout que nous devons faire vite… Ils nous suivront certainement… Laisse-moi boire…

La centaure fit comprendre à Zacharia qu'il était hors de question d'avaler une seule goutte de cette rivière infecte. Cependant, pour le tranquilliser un peu, elle tenta de lui expliquer que, à partir de maintenant, ils ne laisseraient aucune trace derrière eux. Mais, pour cela, il devait grimper sur son dos pour la suite du voyage.

– Je refuse…, affirma Zacharia avec de grands signes. Il est hors de question que tu me portes… Même assoiffé, je suis parfaitement capable de…

Exaspérée par les paroles incompréhensibles de son compagnon, Sator lui saisit le bras et le força à s'installer sur son dos. Exténué, Zacharia arrêta de protester et essaya de trouver son équilibre. Il n'avait jamais monté un cheval sans selle et l'exercice lui paraissait difficile. Sator passa les bras de son compagnon autour de son cou et lui fit signe de s'agripper solidement. Zacharia obtempéra et la jeune centaure commença à galoper vers l'est, les sabots dans l'eau de la rivière.

« Elle est forte, pensa le moine. C'est vrai que, de cette façon, nous ne laisserons pas de traces derrière nous. De plus, ce moment de repos me fera du bien ! »

Sator tourna la tête pour voir comment se comportait son cavalier. Comme tout semblait bien aller, elle augmenta la cadence. Zacharia avait fermé les yeux et se laissait porter en toute confiance. Cette attitude plut beaucoup à la centaure, elle qui n'avait pas l'habitude qu'on lui accorde autant de confiance.

Les deux compagnons de voyage parcoururent ainsi plusieurs lieues avant de s'immobiliser sur une crête, juste au-dessus d'une petite cascade. Le jeune homme rouvrit les yeux et aperçut, plus bas, un tout petit lac cristallin où s'ébattaient des dizaines de centaures femelles avec leurs petits. Zacharia se redressa et vit que l'endroit était situé au centre d'un îlot de forêt dense. Une multitude d'oiseaux multicolores les survolaient en poussant des gazouillis joyeux. Le site contrastait franchement avec les contrées arides que les fugitifs venaient de traverser. Il y avait inévitablement dans cette oasis de quoi manger et, surtout, de l'eau bonne à boire.

Sator commença sa descente vers le lac, mais la présence de Zacharia éveilla la méfiance du clan de femelles. Plusieurs d'entre elles disparurent avec leurs petits dans la forêt, alors que les plus braves s'avancèrent, armées de bâtons, à leur rencontre.

Après un entretien assez long, Sator se vit accorder le droit de profiter de l'oasis à condition de se porter garante de la conduite de son compagnon humain. Au ton de la discussion, Zacharia devina que sa présence ici ne serait que tolérée. Il descendit de sa monture et se dirigea en titubant vers le lac où il se laissa glisser mollement.

Le jeune homme demeura longuement dans l'eau, se laissant tonifier par les courants glacés souterrains. Lorsqu'il regagna enfin le rivage, Sator l'attendait avec un festin de fruits frais, de figues et de dattes séchées, ainsi que de plantes comestibles. Elle l'invita à s'asseoir sur le sable, et les deux compagnons entamèrent le repas.

Toutefois, Zacharia eut un choc en voyant l'avidité avec laquelle Sator mangeait. Elle prenait toujours d'énormes bouchées, mastiquait sommairement la bouche grande ouverte et ne se gênait pas pour éructer ou pour péter durant le repas. Du jus de fruits lui coulait des commissures, alors que sa lèvre supérieure s'accumulaient par-ci par-là des pépins et des noyaux. Elle mangeait bruyamment tout en émettant des grognements de satisfaction. Elle avalait presque tout rond et régurgitait chaque fois que son œsophage se bloquait. On aurait dit une bête sauvage affamée!

La surprise fut aussi grande pour Sator lorsqu'elle vit la façon dont le jeune homme mangeait. Elle eut l'impression de voir un petit oiseau maniéré s'affairer sur la nourriture. L'humain pelait soigneusement les fruits et n'en portait jamais plus d'un à la fois à sa bouche. Il recrachait systématiquement les pépins un à la fois et prenait bien soin de nettoyer ses mains avant de se resservir. Il prenait même la peine d'enlever le noyau des dattes! Aucun son ne sortait de sa bouche, ni d'ailleurs! De plus, il gardait constamment ses lèvres propres en les essuyant régulièrement. Même les fruits les plus juteux n'arrivaient pas à le salir. Mais, surtout, il prenait le temps de tout, tout, tout mastiquer avant d'avaler. C'était à n'y rien comprendre! Comment pouvait-on agir de façon aussi pudique devant un tel festin? Les humains ne savaient donc pas manger convenablement, ni honorer avec appétit la nourriture qui leur était offerte? Décidément, Zacharia manquait de manières à table.

Une fois le repas achevé, Sator alla se jeter dans le lac pour se laver et c'est alors que Zacharia vit pour une seconde fois apparaître le pelage doré de sa camarade. Il était splendide, ses poils brillaient au soleil comme de petits diamants.

« Est-ce vraiment elle, la toison d'or? se questionna en silence le moine. Je dois en savoir plus... »

Lorsque Sator eut terminé sa baignade, Zacharia entreprit de discuter avec elle. Par une gestuelle abondante, il réussit à apprendre que la centaure était née ici, dans cette oasis, et que sa mère, également pourvue d'une robe dorée, était morte en lui donnant naissance.

– Si je pouvais seulement savoir d'où vient ce pelage…, soupira Zacharia tout en observant sa camarade.

– Ce pelage est transmis d'une génération à une autre, humain, dit une voix rocailleuse derrière lui.

En se retournant, Zacharia aperçut une centaure très âgée qui avait de la difficulté à tenir sur ses pattes. Sator se figea et garda le silence.

– Mais… mais… vous parlez ma langue? s'empressa-t-il de demander.

– Oui, je parle ta langue…, répondit-elle. J'ai servi longtemps des humains. Je croyais que je finirais mes jours enchaînée à un poteau, mais un miracle m'a libérée.

– Un miracle?

– Je travaillais à l'érection d'une grande tour lorsqu'elle s'est effondrée sans que je sache pourquoi. J'ai profité de la panique pour fuir et rentrer chez moi. Et je compte bien finir ma vie ici, dans le calme et loin des humains… Mais la raison de ma présence auprès de toi est que j'étais curieuse de savoir comment une amitié peut exister entre une jolie centaure comme Sator et un singe imberbe comme toi. Mais, tout compte fait, je ne m'en soucie guère…

– Je suis désolé pour votre mauvaise expérience, fit Zacharia. Les hommes, vous savez, ne sont pas tous semblables…

– Ah non? persifla la vieille. Première nouvelle, ça! En vérité, je suis venue à toi pour te dire de quitter ce lieu dans les plus brefs délais. Ta présence m'indispose grandement.

– Je vous assure, vous n'avez rien à craindre de moi…

– De toi, non, mais de ceux qui te cherchent, oui! Vous êtes une race qui ne respecte que le pouvoir et l'argent. J'ai bien vu dans ton regard ce qui t'intéresse chez Sator. C'est sa couleur, n'est-ce pas? LA COULEUR DE L'OR! Tu dois même réfléchir à un plan pour la tuer et la dépecer, mais prends garde, les centaures sont dix fois plus puissants que les humains, et les femelles valent, au combat, plusieurs de vos mâles les plus coriaces.

– Je n'ai aucune intention de la tuer… Je veux comprendre, c'est tout!

– Il n'y a rien à comprendre! s'énerva la vieille. Les femelles de la lignée de Sator ont toujours eu le poil de cette couleur. De plus, sa mère, tout comme elle, s'appelait Sator. Sa grand-mère portait le même nom et, aussi loin que je me souvienne, toutes ses aïeules aussi.

– Mais dites-moi, comment savez-vous que des gens nous poursuivent ?

– Je n'en savais rien, je t'ai tendu la perche et tu viens tout juste de me le confirmer, répliqua la grand-mère en ricanant. Je me doutais bien que votre présence ici, à tous les deux, n'était pas innocente. Je te conseille de ne pas t'attarder, sinon je ferai tout ce qui est en mon pouvoir pour me débarrasser de toi… Je veux protéger cette oasis de paix. Je sacrifierais même ta copine dorée pour préserver la sécurité de cette oasis…

– Très bien, je partirai… Je vous confie Sator, prenez-en grand soin. C'est un être vraiment spécial qui mérite une attention particulière. Et sachez que les hommes qui me recherchent veulent aussi la retrouver. De grâce, veillez à ce qu'ils n'y arrivent pas.

Sur ces mots, Zacharia se leva et fit signe à Sator de suivre la vieille centaure. Elle ne s'y opposa pas, sachant que ce serait mieux ainsi. Il tordit le bas de sa bure pour en faire sortir le plus d'eau possible et quitta la rive du lac sans se retourner. Ce n'est que plus tard qu'il osa regarder derrière lui. Plus bas, au loin, les plages étaient désertes et partout les oiseaux avaient bizarrement cessé de chanter.

«Me voilà dans de beaux draps! pensa-t-il. Où puis-je aller maintenant? À droite ou à gauche? Tiens! Comme la mort m'attend sans doute sûrement droit devant, je vais marcher vers elle, mon calvaire en sera peut-être écourté!»

11
Les Arkhous

Maelström avait vite répondu à l'appel et Flag les avait rejoints quelques jours plus tard.

À son arrivée, le dragon avait sauté sur Amos comme un chien heureux de revoir son maître et l'avait mouillé avec de grands coups de langue. Comme la bête avait pris quelques centaines de kilos, Amos avait eu peine à le reconnaître. La dernière fois qu'ils s'étaient vus, le dragon balbutiait à peine quelques mots alors que maintenant, il conversait normalement. Amos remarqua que Maelström parlait de Geser Michson comme s'il était son père et de lui, de Béorf, de Lolya et de Médousa comme de ses frères et sœurs. Le garçon trouva cette façon de les qualifier tout à fait juste. Le dragon avait raison : une famille se compose d'abord et avant tout de gens qui s'aiment et se respectent, et c'est bien l'amour qui les unissait tous.

La flagolfière regorgeait de provisions et était maintenant prête à voler. Tout l'équipage était fébrile, sauf Béorf qui n'avait pas envie de quitter le plancher des vaches. Par ailleurs, Flag avait installé une plate-forme sous la nacelle du dirigeable afin que le dragon n'ait pas à suivre tout le long du voyage en volant. Maelström pourrait donc se reposer et faire la sieste entre deux vols ou tout simplement se laisser conduire en admirant le paysage. Le surplus de poids avait été compensé par un plus gros ballon et des réserves supplémentaires d'huile de roche afin de bien chauffer l'air. De toute façon, avec Amos à bord pour contrôler les vents et la température interne du ballon, ce voyage allait être une vraie partie de plaisir.

– Une dernière vérification avant le départ, dit Médousa en tenant une longue liste entre ses mains. Nous avons les provisions, les cartes et tous les livres de référence… Bon, ensuite, la lance d'Odin est bien à bord et Béorf fait la moue parce qu'il ne veut pas voler… Jusqu'ici, tout est normal ! Lolya a ses ingrédients, Amos, ses affaires personnelles et, moi, je me suis fait une réserve de jolis insectes enfermés ici, dans un pot. Je crois que nous sommes prêts à partir…

– Et moi, petite sœur, je n'ai rien à moi dans la nacelle? demanda Maelström d'un air triste.

– Oui… oui, fit la gorgone, un peu embarrassée. Nous… Nous avons apporté quelques pelotes de laine et Lolya te tricotera un joli bonnet pour ne pas que tu prennes froid! Ça te va?

– Oh! oui! je suis très content! se réjouit le dragon avec de grands yeux reconnaissants.

– Tricoter un bonnet de laine à un dragon? chuchota Lolya dans l'oreille de son amie. Tu aurais pu trouver mieux!

– Désolée, c'est la première chose qui m'est passée par l'esprit! répondit Médousa qui ne pouvait s'empêcher de rigoler en imaginant Maelström coiffé d'un bonnet multicolore. Je voulais lui faire plaisir, mais je crois qu'il sera vraiment charmant avec ça sur la tête.

– Vraiment? fit Lolya en riant à son tour. Alors, je lui confectionnerai des pantoufles et un grand foulard pour compléter!

– Nous sommes prêts, capitaine Flag! lança Amos.

– Alorrrs, coupons les corrrdages et envolons-nous! s'exclama le lurican en s'activant pour le départ.

C'est Mastagane le Boueux, avec lequel Béorf avait fait la paix, qui libéra la flagolfière de ses attaches. Il s'était engagé à garder scrupuleusement la bibliothèque et à empêcher quiconque d'y pénétrer sans autorisation. Depuis que son chat était mort, le vieux druide avait surmonté sa peine grâce aux livres et il allait commencer une troisième relecture de tous les bouquins afin d'alléger un peu plus la perte de son fidèle compagnon.

Le dirigeable s'éleva dans les airs ce qui donna un haut-le-cœur à Béorf. Le gros garçon hurla comme une fillette apeurée, déclenchant l'hilarité générale à bord de la nacelle.

Flag ajusta ses instruments de navigation et se posta au gouvernail. Sur les indications du lurican, Amos créa un courant d'air stable en direction du sud, puis s'assura que l'air contenu dans le ballon était assez chaud. De son côté, Médousa étira ses ailes et se laissa planer jusque sous la nacelle afin de tenir un peu compagnie à Maelström sur la plate-forme. Quant à Lolya, elle s'installa une couchette pour faire la sieste et se glissa sous une couverture bien chaude. Béorf, recroquevillé dans le fond de la nacelle, soupira plusieurs fois avant d'essayer, lui aussi, de dormir.

– Tu as pris ton médicament ce matin? demanda Lolya à Amos, qui se tenait un peu plus loin.

– Oui, comme tous les matins, docteur! répondit-il, un peu fatigué de l'entendre lui poser tous les jours la même question.

– Approche-toi, dit Lolya, j'ai besoin de te parler. Je veux savoir comment tu vas. Jusqu'à présent, nous n'avons pas eu beaucoup de temps pour nous, mais, aujourd'hui, nous pouvons bien prendre quelques minutes.

– Pourquoi donc? Je vais très bien, je t'assure!

– Faux! Je t'ai vu pleurer hier soir.

– Mais… mais tu m'espionnes? lança Amos, surpris de s'être fait prendre.

– Disons plutôt que je t'observe attentivement…

Amos se résigna à s'asseoir près d'elle.

– D'accord, admit-il, depuis mon retour des Enfers, je suis parfois angoissé et… et je me pose beaucoup de questions.

– Lesquelles?

– Premièrement, ma mission est de rétablir l'équilibre du monde, mais je ne sais pas du tout comment accomplir cette tâche! Deuxièmement, je sais que je devrai un jour débarrasser le monde de l'influence des dieux et, encore là, j'ignore comment le faire! Troisièmement, je dois à tout prix mettre la main sur la toison d'or avant Barthélémy, mais je doute de moi. Le message d'Arkillon m'a mis beaucoup de pression sur les épaules et je ne dois pas faillir à la tâche. Et puis…

– Et puis quoi?

– Je pense… je pense souvent à elle, avoua-t-il difficilement.

– Aélig? demanda Lolya en s'éclaircissant un peu la voix.

– Je me dis que les choses auraient pu être différentes et que sans ma mission de porteur de masques… eh bien… nous… nous serions peut-être encore ensemble.

– D'abord, je crois que, sans tes pouvoirs de porteur de masques, tu ne l'aurais jamais rencontrée, non?

– C'est vrai, mais… comment t'expliquer? De toute ma vie, je ne me suis jamais senti aussi bien avec quelqu'un. Chaque jour en sa compagnie ressemblait à une journée de fête! Je la découvrais peu à peu en apprenant à mieux la connaître. Je me sentais plus près d'elle chaque jour et j'avais toujours hâte de la retrouver. Malgré ses défauts, Aélig avait un côté très candide qui me plaisait beaucoup… et… et elle me manque. Ce n'était pas la plus belle fille du monde mais, pour moi, elle les valait bien toutes. La nuit, il m'arrive souvent de revoir son visage et… et de pleurer.

Amos se retourna alors vers Lolya et s'étonna de voir qu'elle était en larmes.

— Toi aussi, tu pleures? lui demanda-t-il en essuyant une de ses larmes du bout des doigts.

— Oui… c'est… c'est une histoire très touchante…

En réalité, Lolya pleurait pour les mêmes raisons qu'Amos. Depuis Aélig, elle aussi vivait chacune de ses journées dans le chagrin d'un amour perdu. Amos s'était glissé dans les bras d'une autre, alors qu'elle aurait tant voulu être l'élue de son cœur. La jeune nécromancienne gardait en elle cette passion, mais trouvait parfois bien difficile de n'en rien laisser paraître. Elle avait espéré qu'Aélig ne soit qu'une amourette de passage pour Amos, mais elle voyait bien aujourd'hui qu'il faudrait du temps à son bien-aimé pour se remettre complètement de leur séparation et ouvrir son cœur à une autre. Il lui faudrait être patiente en espérant secrètement qu'elle serait la prochaine fille à ravir son cœur.

— Mais qu'est-ce qui ne va pas? demanda Amos. Tu sais, tu peux me parler…

— Non… merci, mais ça ne sera pas nécessaire…, répondit Lolya en se ressaisissant. Après tout, c'est moi le docteur ici! Je suis contente de savoir ce qui te tracasse…

— Moi-même, je me sens mieux d'en avoir parlé… On dirait que je viens de me décharger d'un poids! Merci de ton écoute…

— Il faut bien que les amies servent à quelque chose!

— Tu as raison et je ne discute pas de ces choses-là avec Béorf… Enfin, pas de la même manière!

— Bon… je vais essayer de dormir un peu, conclut Lolya en essuyant une dernière larme. Je compte sur toi et Flag pour nous mener à bon port!

— Dors en paix, je veille sur toi…

***

— Réveille-toi, Amos, dit Lolya en le secouant légèrement. L'île des Arkhous est en vue!

Quelques jours s'étaient écoulés depuis le départ de l'équipage qui avait survolé la mer Centrale, puis les terres des Cent Vignobles, pour ensuite bifurquer vers les Plateaux arides et finalement apercevoir l'île des Arkhous baignant dans la mer Tourmentée. Durant le voyage, tout le monde s'était follement amusé, y compris Béorf qui avait réussi par moments à oublier l'altitude. Flag avait chanté à plusieurs reprises des chansons, parfois grivoises, de son pays et, malgré la pluie qui leur était tombée dessus durant une journée entière, le voyage s'était déroulé à merveille.

L'île des Arkhous était en réalité un gigantesque volcan d'où s'élevait en permanence un mince filet de fumée noire. Ce qu'Amos et ses amis ignoraient encore, c'est que l'endroit fourmillait de harpies.

– Regardez là-bas! lança innocemment Médousa. On dirait une colonie d'oies qui vole vers nous. J'ai hâte de les voir de plus près!

– Ce ne sont pas des oies, la reprit Béorf un peu sèchement. Les oies volent en formation, ces oiseaux-là se promènent de façon chaotique, en tas, comme...

– Comme des harpies! s'exclama Lolya. Mon peuple a souvent subi les attaques de ces monstres!

– Des quoi? fit le béorite en enfilant le gant de métal nécessaire pour manier la lance d'Odin.

– Des harpies, répéta Amos. J'en ai combattu quelques-unes avant de me rendre à la cité de Pégase. Elles allaient tuer Aélig...

– Oui, ce sont de véritables monstres, expliqua la nécromancienne. Elles possèdent une tête et un buste de femme montés sur un corps de vautour avec des pattes aux serres puissantes. Elles sont cruelles et sans merci… En plus, elles dégagent une odeur épouvantable!

— Des femmes-vautours, murmura Béorf. Exactement comme dans les contes que me racontait mon père.

— Tu les estimes à combien, Lolya? demanda Amos.

— Deux cents, au bas mot!

— Très bien! répondit Amos en frappant trois bons coups sur le plancher de la nacelle de bois pour avertir Maelström.

Une grande tête de dragon émergea tout près du porteur de masques et demanda, les yeux remplis de fatigue:

— Oui, mon frère, que se passe-t-il?

— Regarde droit devant, Maelström, lui dit Amos, nous serons bientôt attaqués par des créatures qui veulent détruire notre famille. Elles ne doivent en aucun cas réussir à crever le ballon, tu comprends?

Le dragon, le regard à l'horizon, grogna dans une rage contenue:

— Personne ne va détruire ma famille…

Puis d'un coup d'ailes, il s'envola à leur rencontre en montrant les dents.

– Béorf, tu dois les empêcher de monter à bord ! Et pas de rage guerrière, tu risquerais de tous nous tuer !

Le gros garçon s'empara de la lance d'Odin.

– Je les attends !

– Flag, continua Amos, quoi qu'il advienne, tu dois maintenir le cap. Il y aura du grabuge et nous devons demeurer stables. Lolya te donnera un coup de main à la barre !

– Compris ! Compris ! fit la jeune Noire.

– Trrrès bien, mon commandant ! ajouta le lurican.

– Médousa, je…

– Sois sans crainte, Amos, l'interrompit la gorgone. Je monte sur le ballon afin de ne pas risquer de vous changer en pierre. Je m'accrocherai aux cordages. J'en connais quelques-unes qui vont piquer du nez !

– À vos postes et bonne chance ! lança Amos en se postant à l'avant de la nacelle.

Lorsque qu'elles virent le jeune dragon plonger sur leur bataillon, les harpies eurent une seconde d'hésitation et plusieurs pensèrent à déguerpir. Puis, devant la force de leur nombre, les monstres décidèrent de se lancer dans la bataille.

C'est alors que Maelström traversa en piqué le nuage de harpies en prenant bien soin d'ouvrir grand la gueule et de cracher une colonne de feu. Des dizaines de femmes-vautours furent instantanément grillées, et plusieurs autres, fauchées en vol par les ailes du dragon, tombèrent mollement dans la mer.

– BRAVO, MAELSTRÖM ! hurla Béorf en brandissant sa lance.

– LÀ, DERRIÈRE ! cria Médousa. D'autres arrivent par-derrière !

– ET À DROITE, ajouta Lolya. ELLES NOUS ENCERCLENT !

– C'est bien. Nous allons voir ce que nous allons voir !!! murmura Amos en concentrant ses énergies sur Maelström.

Exactement comme il l'avait fait pour les chevaux dans les écuries de Berrion, Amos dédoubla le dragon et créa un clone translucide de la bête. Suivant les volontés du porteur de masques, le deuxième dragon, quasi invisible, fondit sur les harpies arrivant par la droite.

Médousa, debout sur le ballon, retira ses lurinettes et les attacha solidement à sa ceinture. Elle leva la tête vers le ciel et cria :

– VENEZ ME PRENDRE, SI VOUS EN ÊTES CAPABLES !

Aussitôt, une douzaine de harpies la regardèrent et foncèrent sur elle en hurlant des injures. Les monstres sentirent bientôt leurs membres se crisper, puis leurs ailes devenir très lourdes. En quelques secondes, une pluie de statues inertes passa de chaque côté de la flagolfière. Devant le spectacle, Béorf rigola et murmura :

– Elle est géniale, ma copine !

Suivant les indications d'Amos, Maelström volait maintenant autour du ballon afin d'empêcher les harpies de s'en approcher. Le dragon les éliminait une à une d'un coup de dent ou de griffe. Quant à son double translucide, résultat de la magie d'Amos, il avait été vaincu et s'était donc évaporé.

Béorf avait le contrôle de la situation et maniait Gungnir avec aisance. Chaque fois qu'il touchait une harpie, de puissantes décharges électriques semblables à de fins éclairs lui traversaient le corps et la paralysaient. Les yeux de la femme-vautour devenaient ronds comme des billes et ses plumes se hérissaient puis se détachaient de ses ailes.

– ÇA SENT LE POULET RÔTI, hurla Béorf, VOUS NE TROUVEZ PAS ?

– CONCENTRE-TOI SUR CE QUE TU FAIS, BÉORF ! lui répondit Lolya. ATTENTION, IL Y EN A UNE À TA GAUCHE !

Au même instant, Lolya sentit deux bras la saisir par-derrière pour essayer de l'entraîner à l'extérieur de la nacelle. Sans hésiter, elle saisit la dague de Baal et l'enfonça dans le corps de son ennemie. Le souvenir de ce qui se passa ensuite allait l'horrifier pendant de nombreuses semaines. Elle vit la harpie se gonfler comme un ballon et éclater en se répandant partout dans la nacelle. La jeune Noire reçut une quantité incroyable de sang sur le visage et faillit tomber dans les pommes, tellement l'odeur de charogne la chavira. Flag, juste à côté, fut aussi éclaboussé par l'explosion et se mit à lancer une série de jurons dignes d'un marin dans la tempête.

Pendant ce temps, à l'avant de la nacelle, Amos pointait du doigt des harpies qui s'enflammaient les unes après les autres en poussant des hurlements de douleur.

Malgré l'incroyable quantité qu'ils avaient déjà éliminée, les monstrueuses créatures semblaient de plus en plus nombreuses. On aurait dit un nuage de mouches s'agglutinant autour d'un morceau de viande.

– IL FAUT FAIRE QUELQUE CHOSE ! cria Lolya. MAELSTRÖM S'ÉPUISE ET MÉDOUSA N'ARRIVE PAS À LES REPOUSSER TOUTES ! LES HARPIES S'ACHARNENT, ELLES VEULENT CREVER LE BALLON !

Lolya ne croyait pas si bien dire, car Médousa venait de subir une dure attaque. La gorgone était sur le dos et deux harpies tentaient de lui crever les yeux avec leurs griffes. Heureusement, Maelström passa juste au-dessus et, de ses pattes arrière, saisit les têtes des femmes-vautours. Dans un bruit sec de branche cassée, les deux harpies furent décapitées.

Médousa se releva péniblement. Elle saignait abondamment au visage et plusieurs de ses cheveux-serpents gisaient sans vie sur la toile du ballon. Sans se préoccuper de son état, elle reprit son combat et des statues de pierre recommencèrent à tomber de chaque côté de la flagolfière.

– AMOS! hurla Lolya. C'EST LE MOMENT DE NOUS FAIRE UN DE TES TOURS DE FORCE! SINON, NOUS N'ARRIVERONS JAMAIS À LES VAINCRE!

– TRÈS BIEN, répondit-il en se concentrant sur le masque de l'air. DIS À MAELSTRÖM DE RETOURNER SUR LA PLATE-FORME SOUS LA NACELLE ET À MÉDOUSA DE DESCENDRE!

Lolya cria le message au dragon qui s'exécuta sans perdre de temps. Par contre, de son côté, Médousa ne donna aucun signe de vie.

– Je vais la chercher! lança Lolya en grimpant aux cordages.

Machinalement, elle empoigna la dague de Baal et la glissa entre ses dents en se blessant légèrement la lèvre supérieure. Une mince goutte de sang toucha la lame et, aussitôt, Lolya sentit une présence à ses côtés.

Debout sur le ballon, la jeune Noire vit une dizaine de harpies entourant le corps inerte de son amie.

– PARTEZ! tonna-t-elle. LAISSEZ-LA TRANQUILLE!

Les harpies se retournèrent en ricanant, puis leurs yeux devinrent soudainement exorbités, et elles déguerpirent sans demander leur reste. D'ailleurs, toutes les femmes-vautours furent soudainement prises de panique et s'enfuirent à tire-d'aile.

Le porteur de masques, qui se préparait à les emprisonner dans une gigantesque tornade, regarda décamper ses ennemies en se grattant la tête. Il monta donc sur le ballon et trouva Lolya inerte par-dessus Médousa, la dague de Baal entre les dents. Rapidement, il demanda de l'aide à Maelström qui les redescendit vite dans la nacelle. Lolya finit par ouvrir les yeux.

– Que s'est-il passé là-haut? l'interrogea Amos.

– Aucune idée, avoua la nécromancienne. Je me souviens d'avoir grimpé aux cordages du ballon pour aller chercher Médousa, puis… plus rien. Au fait, comment va-t-elle?

– Elle est toujours inconsciente…

Lolya se leva et examina attentivement les blessures de son amie, puis elle demanda à Béorf de lui replacer délicatement ses lurinettes sur le nez afin de prévenir un accident. Le gros garçon s'exécuta promptement.

– Elle est assommée, c'est tout! conclut Lolya après un examen sommaire. Je vais désinfecter ses plaies… Elle est coupée de partout, la pauvre.

– Elle va donc s'en sortir? fit Béorf, inquiet.

– Oui, mais elle aura du mal à bouger pendant quelques jours… Son corps est plein d'ecchymoses et de contusions.

– Quel combat, mes amis! lança le lurican dans un gros soupir. J'ai maintenu le cap, mais ça n'a pas été trrrès facile.

– Mais je ne comprends pas ce qui les a fait fuir, dit Amos, songeur. C'est comme si elles avaient eu peur de quelque chose ou de quelqu'un…

– Oui, tu as raison, répliqua Béorf. Nous nous défendions bien, mais ces maudites bêtes prenaient lentement le dessus! Elles n'avaient aucune raison de fuir ainsi…

– C'est vraiment étrange…, murmura Amos.

Maelström, sur la plate-forme de la nacelle, étira son long cou et demanda:

– Amos, allons-nous nous poser sur l'île?

– Oui…, répondit le garçon. Si je me fie à ce que l'oracle Delfès m'a dit, c'est ici que nous devons commencer nos recherches.

– Très bien, enchaîna le dragon. Je me propose d'aller survoler les lieux afin de trouver un endroit sécuritaire pour nous poser.

– Excellente idée, petit frère! s'exclama Amos. Pendant ce temps, nous vérifierons la solidité des cordages et du ballon. Ils ont été grandement malmenés!

– AH! OUTCH! AÏE! s'écria soudainement Médousa. J'ai mal partout… Ouf! j'ai l'impression qu'une harde de chevaux sauvages vient tout juste de me piétiner… Les avons-nous vaincues?

– Pour l'instant, oui! confirma Béorf, heureux de la voir réveillée. Mais elles vont revenir… j'en suis certain!

– Et comment j'étais, dans la bataille? demanda la gorgone.

– Splendide! lui assura Béorf en lui appliquant une compresse préparée par Lolya. C'est la première fois que je vois une pluie de statues! Il en tombait de tous les côtés... Franchement, je crois que tu en as pétrifié une bonne centaine.

– Je suis contente, je... je voulais que tu sois fier de moi!

– Repose-toi; tu es la meilleure guerrière que je connaisse!

De son côté, Amos regarda Maelström s'envoler puis piquer vers le volcan.

« Je me demande bien ce que cette île nous réserve, pensa-t-il. J'espère que je ne me suis pas trompé et que nous sommes sur la bonne piste... »

12
L'alchimiste

La flagolfière se posa dans une toute petite clairière au pied du volcan. Maelström disposa des branches et des feuilles sur le ballon afin d'essayer de le cacher, ce qu'il réussit plus ou moins bien.

– Nous explorerons cette île afin de trouver des indices qui pourraient nous conduire à la toison d'or, dit Amos. Mais, comme vous, je ne sais pas où ni quoi chercher…

– Nous pourrions nous diviser en deux groupes, proposa Béorf. Flag et Maelström dans les airs, toi et moi sur terre. Je préférerais que Lolya demeure avec Médousa dans la nacelle.

– Je suis d'accord, fit la nécromancienne. Blessée comme elle l'est, on ne peut pas l'abandonner ici. Je veillerai sur elle.

– Très bien, c'est décidé! conclut Amos. Donnons-nous rendez-vous ici, avant la tombée de la nuit. Cela nous donnera du temps pour redécoller et passer la nuit dans les airs, ce sera plus prudent qu'à terre.

Flag sauta sur le dos de Maelström, et le dragon s'envola pendant qu'Amos et Béorf commençaient à avancer dans l'épaisse jungle.

Après quelques minutes de vol, le dragon demanda :

– Oncle Flag ?

– Oui, Maelstrrröm ? Tu as vu quelque chose ?

– Non rien, mais… mais je me sens subitement très fatigué. J'aimerais faire une petite pause.

– Sans prrroblème, mon petit neveu ! Je vois une crrrête, là-bas, nous pourrrions nous y poser.

– Oui, moi aussi, je la vois… là, sur la falaise.

Maelström mit le pied sur la paroi rocheuse et se roula en boule comme un chien. Dès qu'il posa sa tête sur ses pattes de devant, il sombra dans un profond sommeil.

« À vrrrai dirrre, pensa le lurican en bâillant, moi aussi je ferrrais bien quelques minutes de sieste. J'ai bien trrravaillé sur la flagolfière et… et… »

Flag dormait déjà.

– Dis-moi, Amos, demanda Béorf en s'étirant, tu ne te sens pas fatigué, toi?

– Si, répondit le porteur de masques. On dirait que l'air est lourd ici… C'est un peu comme si je manquais d'air.

– Faisons une pause, asseyons-nous sur ce tronc d'arbre.

– Tu as de l'eau?

– Oui, juste ici, fit Béorf en lui présentant la gourde.

– Elle est lourde! s'exclama Amos. Qu'est-ce que tu as mis là-dedans?

– Mais… que de l'eau!

Assis sur le tronc d'arbre, Amos pencha la tête vers l'arrière pour boire, mais le mouvement entraîna tout son corps. Il glissa et tomba à la renverse, endormi dans les fougères.

– Amos! cria Béorf en essayant de lutter contre le sommeil. Il faut partir d'ici… Ce n'est pas normal… de… Amos… Daragon… debout… Nous devons…

Et à son tour, le gros garçon tomba la face contre terre et se mit à ronfler.

Dans la flagolfière, Lolya était elle aussi profondément endormie, la tête posée inconfortablement sur le gouvernail. Quant à Médousa, elle dormait à poings fermés.

On dit que le rêve est une vie parallèle, très différente de la vie réelle et complémentaire aux événements du quotidien. C'est dans les songes que se trouvent les prémices d'un nouvel état intérieur où les problèmes se voient traités d'une autre façon. Dans les rêves, la morale s'efface et les masques tombent afin de…

— Mais qui parle? demanda Lolya.

Il existe cinq phases de sommeil. Les créatures sombrent rapidement dans la première phase et on remarque une baisse de la température du corps ainsi qu'une décélération du rythme cardiaque. C'est ce que les alchimistes appellent la «zone Alpha». C'est dans cette phase que nous pouvons directement agir sur nos rêves afin de les changer ou tout simplement intervenir…

— Où suis-je et qui parle ainsi? redemanda la jeune fille. Il fait noir, je ne vois rien!

La deuxième zone, Thêta, est aussi nommée «somnolence» par certains grands maîtres qui préfèrent invariablement la classer dans…

— Mais allez-vous me répondre? insista Lolya. Je veux savoir qui vous êtes et où je me trouve? Je sais que vous m'entendez aussi bien que je vous entends!

Il… il y a aussi l'état Delta. Dans cette forme de sommeil, les humains trouvent…

– HOLÀ! ça suffit! s'exclama la nécro-mancienne. Êtes-vous aussi dans le noir?

Mais non, puisque je lis! Il vous suffit d'allumer la chandelle devant vous. Bon… ah oui! durant la quatrième phase, le sommeil est très lourd et…

– La chandelle? Quelle chandelle?

Je ne sais pas, moi. La chandelle que vous imaginez. C'est vous qui décidez, pas moi!

– D'accord, j'ai réussi! s'étonna la jeune Noire qui tenait maintenant dans ses mains une jolie chandelle blanche allumée.

Une chandelle blanche… Hum… le blanc symbolise la grâce, la sagesse et la victoire. Il possède la qualité de calmer les passions et de redonner la paix intérieure. Étrange contraste, car votre peau est noire. Cela symbolise le renoncement et le deuil… deux caractéristiques qui vont de pair avec votre vie amoureuse… renoncement et deuil, n'est-ce pas?

– Où êtes-vous? Je ne vous vois pas!

C'est normal, car je ne veux pas être vu.

– Ah! maintenant, j'entrevois vos courbes. Vous êtes penché sur un écritoire, juste là, à quelques pas de moi. Je peux même dire que vous êtes vêtu de bleu. N'est-ce pas la couleur de l'esprit et de l'intelligence, de la loyauté et de la sérénité?

Vous avez tout à fait raison. Étonnant, la façon que vous avez de contrôler vos rêves. Vous êtes la première qui réussissez à m'apercevoir avec autant de précision.

— Me voilà assise près de vous maintenant.

Vous êtes très forte, jeune fille !

— Pourquoi cachez-vous votre visage ?

Parce que je suis mort depuis très longtemps et que mon visage vous ferait peur.

— Vous êtes donc si laid ?

J'ai été défiguré dans mon enfance. Voilà pourquoi j'ai trouvé refuge sur cette île afin de me vouer entièrement à ma passion, l'alchimie !

— Et vous, est-ce que les harpies ne vous font pas peur ?

Du temps de mon vivant, elles n'étaient pas là. Elles sont arrivées bien après ma mort. J'aurais pu les plonger, comme vous et vos amis, dans un grand sommeil et les faire rêver jusqu'à la mort, mais elles sont trop stupides pour avoir des songes. Il faut un minimum de conscience pour rêver !

— Êtes-vous l'alchimiste dont parle la légende de la toison d'or ? Celui qui a séparé le pelage sacré en trois parties ?

Mais oui ! Je suis ravi qu'on raconte encore mes exploits. J'ai débarrassé le monde de ce pelage maudit en divisant son pouvoir en trois règnes : minéral, végétal et animal.

— Mes amis et moi sommes justement à la recherche de la toison d'or…

Je le sais et c'est pour cela que vous ne quitterez jamais cette île. Personne ne se réveillera jamais…

— Alors, dites-moi au moins où se cachent les trois parties de la toison. Si cela ne donne plus de sens à ma vie, peut-être que cette révélation donnera un sens à ma mort.

Très juste… Il faut toujours donner un sens aux choses. Les cornes de bête sacrée furent pétrifiées et reposent actuellement sur cette île, dans le repaire d'Anx la Noire. C'est la chef des harpies. J'ai planté sur la petite île du grand lac Ixion la puissance magique de la toison au centre d'un gland. Celui-ci est devenu un arbre qui, tous les cent ans, se renouvelle par la vigueur d'un nouveau fruit. Puis j'ai fusionné le pelage doré du bélier des dieux avec le dos d'une centaure qui, de génération en génération, renouvelle la vénérable fourrure.

— Merci de ces précieuses informations. Je m'en retourne maintenant.

Vous ne pouvez pas, vous êtes prisonnière du sommeil.

— Ce n'est pas moi qui dors, c'est vous !

Que voulez-vous dire ?

– Je veux dire que rien de tout cela n'est réel, c'était vous le prisonnier de cette île, car le secret de la toison d'or vous y retenait. Vous pouvez maintenant partir, je garderai votre secret. Votre tâche est terminée…

Je suis un grand alchimiste aux puissants pouvoirs qui…

– Vous n'êtes plus rien, vous êtes mort depuis bien longtemps et votre esprit refuse de quitter ce lieu. Vous devez accepter d'abandonner cette île pour accéder à un autre niveau de conscience. Partez et laissez le monde des vivants aux vivants…

Mais qui êtes-vous? Où suis-je?

– Dans toute mort, qu'elle soit humaine, animale ou encore végétale, il existe toujours une double facette, un peu comme un long fil conducteur qui ouvre la porte sur une autre vie. Dans la vie onirique, nous mourons parfois…

Où suis-je et qui parle ainsi?

– Mourir, c'est redécouvrir une nouvelle façon de vivre ou encore d'aimer. C'est aussi se détacher de la matérialité qui trop souvent emprisonne l'esprit dans…

Mais qui parle?

***

Lolya se réveilla en sursaut. La nuit était tombée et personne n'était encore revenu à la flagolfière. La jeune Noire se rendit auprès de Médousa et essaya de la réveiller. Elle y parvint sans trop de peine.

– Qu'est-ce qui se passe? demanda la gorgone, à moitié endormie.

– Tout va bien, la rassura Lolya. Je ne faisais que vérifier…

– Je m'étais endormie et j'étais dans un horrible cauchemar… Je me trouvais dans le noir et j'entendais une voix me réciter des théories sur le sommeil. J'avais beau crier, personne ne m'entendait! Je suis soulagée d'en être sortie! Mais… où sont les autres?

– Je ne sais pas… Je viens tout juste de me réveiller moi aussi d'un cauchemar très semblable au tien. Je vais allumer un feu pour les guider…

Lolya s'exécuta et elle vit bientôt deux points lumineux converger vers elle. C'étaient Amos et Béorf qui, torches à la main, revenaient de leur expédition.

– Désolés pour le retard, cria Amos en approchant de la flagolfière. Béorf et moi sommes tombés dans un profond sommeil… Je ne comprends pas. Nous devions être complètement épuisés, j'imagine!

– Le plus bizarre, lança Béorf, c'est que nous avons fait le même rêve... Nous étions dans le noir et une...

– Et une voix vous récitait des théories sur le sommeil ! l'interrompit Médousa. Lolya et moi avons fait le même aussi.

– Eh bien, dis donc ! En tout cas, j'avais hâte de me réveiller, déclara Béorf. Il commençait à être barbant...

– Des nouvelles de Flag et de Maelström ? demanda Amos en s'apercevant de leur absence.

– Rien, mais ils devraient arriver bientôt ! assura Lolya, confiante.

En effet, comme la nécromancienne finissait sa phrase, le dragon et le lurican se posèrent près du dirigeable.

– Désolés ! Nous sommes vrrraiment désolés ! dit Flag. Nous nous sommes arrrrêtés pour une sieste et... et voilà que nous avons dorrrmi pourrr de bon ! L'airrr était si bon que... que... hou là là ! nous sommes imparrrdonnables.

– Et chose curieuse, enchaîna le dragon, oncle Flag et moi...

– ... avez fait le même rêve ! continuèrent en même temps les quatre compagnons en rigolant.

– Mais comment pouvez-vous savoirrr cela ? questionna le lurican.

– Nous avons tous fait le même rêve parce que nous étions contrôlés par le spectre d'un alchimiste particulièrement entêté, expliqua Lolya.

– Un quoi?! fit Béorf, étonné.

– Tu as bien compris, un spectre! répéta Lolya. Il m'a même confié ce qu'était devenue la toison d'or et je sais où se trouvent deux des trois éléments nécessaires à sa reconstitution.

– Décidément, dit Amos, tu n'as pas perdu de temps! Et le spectre, qu'est-il devenu?

– Je crois qu'il attendait depuis bien longtemps quelqu'un à qui confier son secret, répondit la nécromancienne. Je n'ai pas eu à insister beaucoup… Je pense qu'il en avait marre de sa misérable condition. Il est parti pour un ailleurs meilleur. Enfin, je l'espère…

– Allez, raconte! lança Béorf. Une bonne histoire de fantôme trouve toujours sa place!

– Et moi, j'ai bien hâte de savoir où trouver cette fameuse toison d'or! ajouta Amos.

– Venez…, dit Lolya, je vous raconte…

13
Anx la Noire

« La reine des harpies se nomme Anx la Noire et ne semble pas avoir de domicile fixe. Elle est reconnaissable à sa peau bleue et à son œil unique, bien centré au-dessus du nez. D'après plusieurs témoignages de voyageurs lui ayant échappé, Anx la Noire transporte avec elle un lit d'ossements qui lui sert de couchette. Prudente, elle possède plusieurs cachettes et ne sort jamais sans avoir une bonne raison de le faire. On raconte qu'elle est la seule harpie capable de manier la magie, mais que ses pouvoirs sont limités. »

– Voilà ce que nous savons sur elle, dit Amos en refermant *Al-Qatrum, les territoires de l'ombre*. Comme *Al-Qatrum* a été écrit il y a fort longtemps déjà et que Lolya est certaine que l'alchimiste ne lui a pas menti, eh bien, cette Anx la Noire semblerait immortelle !

– Anx la Noire... Cette appellation est sans doute un titre que les harpies donnent à leur chef, supposa Médousa. Un peu comme on dit : « roi », « reine », « empereur »…

– Ou elle est devenue une très puissante sorcière capable de s'extraire des griffes du temps, suggéra Béorf.

– J'en doute, répondit Lolya, les harpies ne sont pas assez intelligentes pour exploiter les notions complexes de la sorcellerie avancée. Je crois, tout comme Médousa le suppose, qu'Anx la Noire serait avant tout une dénomination donnée par les harpies à leur meneuse. Cette charge doit être agrémentée de quelques trucs empruntés au maraboutage.

– En survolant l'île pour repérer un lieu d'atterrissage, intervint Maelström, j'ai vu une grande vallée pleine de harpies de l'autre côté du volcan ! Sans doute qu'elles habitent là…

– Alors, voilà ce que nous allons faire…, dit Amos. Je partirai avec Béorf pour voir cet endroit. Lolya doit rester ici pour soigner Médousa et, comme Maelström nous le ferait tout de suite remarquer, il est plus sage d'y aller à deux.

– Pendant ce temps, proposa Flag qui n'avait pas du tout envie de visiter l'habitat des sanguinaires harpies, je ferrrai le ménage à borrrd ! Il y a là une incrrroyable quantité de sang séché et l'odeurrr est vrrraiment écœurrrante !

– Très bien! approuva Amos avec un sourire. S'il nous arrive quoi que ce soit, vous recevrez une boule de communication vous informant de notre situation.

– Je prends Gungnir avec moi, déclara Béorf sur un ton guerrier. On ne sait jamais!

Après moult recommandations de la part de Lolya, les deux amis s'enfoncèrent dans la jungle. Ils étaient heureux de se retrouver tous les deux comme dans leurs premières aventures.

– Te rappelles-tu la fois que nous avons marché de Berrion jusqu'à Upsgran? dit Béorf en s'esclaffant.

– Oh oui! Quelle aventure! Et Ramusberget? renchérit Amos. Il y avait tellement de neige! Je ne te l'avais jamais avoué, mais j'étais vraiment épuisé à notre arrivée...

– Je ne te l'avais jamais dit, mais je l'avais deviné! Tes jambes tremblaient comme celles d'un poulet! Par contre, rien n'est encore arrivé à la cheville du périple qui nous a menés à la tour d'El-Bab...

– Tu as raison, quel enfer c'était! Nous avons bien failli y laisser notre peau d'ailleurs... Je me demande ce qu'est devenu Minho...

– Il m'arrive aussi souvent de penser à lui... ainsi qu'à Nérée Goule.

– Nérée Goule? Je suis certain qu'elle va bien et qu'elle arrive toujours à courir aussi vite!

– Parlant de courir, nous devrions accélérer le pas, car nous n'arriverons jamais de l'autre côté de ce volcan avant la nuit…

– Tu as raison, Béorf. Moins de souvenirs et plus d'action, allons-y!

Les deux amis avancèrent si vite qu'à la fin de l'après-midi ils avaient atteint la vallée dont avait parlé Maelström.

Il s'agissait d'un ancien marais maintenant asséché, où des milliers d'arbres morts se tenaient encore bien droits. Pratiquement tous ébranchés, les anciens feuillus avaient perdu leur écorce et cuisaient jour après jour sous un soleil de plomb. Le sol était jonché d'ossements provenant de divers animaux et, visiblement, de nombreux humains. Sans doute, il y avait là des équipages complets de marins téméraires qui s'étaient un peu trop approchés de la côte de l'île pour pêcher. Ce lieu semblait être aussi le cimetière de nombreux enfants enlevés probablement par les harpies. On pouvait voir des troupeaux entiers de sangliers, de chevreuils et de cerfs, de moutons et de vaches, sans compter les millions d'arêtes de poisson ainsi que trois énormes squelettes de baleines. Des nuées de grosses mouches lourdes et lentes survolaient ce répugnant charnier. Amos et Béorf se trouvaient maintenant aux abords de ce qui semblait être la salle de banquets des harpies.

– Bon, quel est ton plan maintenant? demanda Béorf.

– On n'a vu personne, chuchota Amos. Je me demande où les harpies peuvent se cacher?

– Regarde là-bas, dit le gros garçon en pointant le doigt. Dans un tas d'ossements, je crois distinguer une porte. Tu la vois?

– Oui, affirma le porteur de masques, je la vois très bien même… Tu crois que nous devrions oser traverser la vallée pour nous rendre jusque-là?

– Ce n'est pas très prudent, mais je ne vois pas comment nous y rendre autrement!

– Alors, allons-y avec prudence, recommanda Amos. Les harpies sont peut-être tout simplement en train de faire une sieste… Je ne voudrais surtout pas les déranger.

– Tu ne te sens pas d'attaque pour en griller quelques-unes? fit Béorf en rigolant.

– Oh! non! L'assaut que nous avons subi m'a comblé! Tu comprends, je ne voudrais pas être obligé de les exterminer toutes moi-même! Il faut bien que je t'en laisse une ou deux pour ton propre mérite…

– Vantard, va! Avance donc, monsieur le héros!

Sans faire de bruit, les garçons s'aventurèrent dans la vallée. Ils prirent mille précautions, s'assurant toujours de l'endroit où ils mettaient les pieds. Béorf se servait de sa lance comme point d'appui supplémentaire, ce qui donna à Amos l'idée d'utiliser une vieille branche encore solide pour faire de même. Lentement mais sûrement, ils parvinrent jusqu'au centre du charnier. C'est alors qu'Anx la Noire sortit de son repaire!

La chef des harpies vociféra des paroles incompréhensibles. Ce devait être un signal car, aussitôt, des milliers de femmes-vautours apparurent au-dessus de la vallée. Toutes ensemble, elles répondirent à l'appel de leur meneuse par des hurlements et des cris stridents.

– Oups! fit Béorf, voilà le comité d'accueil!

– As-tu toujours sur toi les oreilles de cristal de Gwenfadrille? lui demanda Amos en fouillant dans ses affaires pour trouver les siennes.

– Oui, je les ai!

– Mettons-les pour discuter avec elles, avant de… avant de passer à l'action.

Anx la Noire était une vieille harpie déplumée qui n'avait que la peau sur les os.

Elle s'appuyait sur un grand bâton en ivoire qui ressemblait fort à une corne de narval. Elle était affreusement ridée et bavait continuellement. Ses yeux étaient animés d'une haine belliqueuse et, même de loin, elle puait le soufre.

La créature s'avança vers les intrus et s'adressa à eux d'une voix suraiguë:

– TES TRIPES, HARPIES MANGENT!!!

– C'est trop de considération, répliqua Amos en s'approchant à son tour. Mais commencez donc par dévorer mon ami, vous en aurez plus à manger…

Anx fit deux pas à reculons, étonnée d'entendre le jeune garçon parler sa langue de si belle façon.

– Mais comment que…, hésita la femme-vautour, mais comment que tu parles et que je t'entends?

– Est que magique est dans moi, répondit Amos en réajustant son niveau de langage. Que suis puissant magique garçon et que tout laisser harpies en vie pour échange d'un objet Anx la Noire possède!

– Que objet qu'Anx possède et que magique garçon désire? demanda curieusement la vile créature.

– Cornes bélier de pierre!

– Magique garçon fou ! fit Anx en ricanant méchamment. Moi, magique aussi ! Toi, pas position négocier !

– Magique garçon propose magique duel à Anx, si magique garçon gagne, magique garçon emporte cornes de bélier.

– Magique garçon avoir aucune chance ! s'exclama finalement la harpie. ANX ACCEPTE !

Sous les hurlements d'excitation de ses sœurs, la harpie marmonna une formule et lança une boule de feu de la taille d'une grosse pierre sur le garçon. Or, Amos l'attrapa facilement, la porta à sa bouche et la croqua comme s'il s'agissait d'une pomme. Frustrée, la sorcière serra les dents et prononça d'autres paroles magiques. Aussitôt, un des arbres à proximité d'eux s'abattit dans la direction d'Amos. D'un unique geste de la main, le porteur de masques fit se lever une bourrasque de vent qui souleva l'arbre dans les airs et le fit virevolter comme s'il s'agissait d'une brindille. Le tronc heurta ensuite violemment le sol et se brisa en mille miettes ! Déjà échauffée par ses échecs, Anx revint à la charge en ordonnant à un nuage de mouches gluantes de foncer droit sur son ennemi. Mais, d'un seul regard, Amos fit s'enflammer les insectes dans un crépitement de feux d'artifice. Comme ultime assaut, la sorcière se transforma en condor et s'élança, serres devant, pour broyer son adversaire. Amos n'eut qu'à se déplacer subtilement et c'est Béorf, moitié homme, moitié ours, qui assena à Anx un coup de patte si puissant qu'il lui arracha la moitié du bec. La pauvre créature atterrit, cul par-dessus tête, dans un amoncellement d'os et de chairs en putréfaction.

Dépassée par les événements, Anx parvint difficilement à s'envoler pour ordonner à ses troupes d'attaquer. Sans tarder, des milliers de harpies hurlantes et assoiffées de sang s'élancèrent vers les deux intrus.

– Il va y avoir de l'action, Béorf! s'exclama Amos. Une petite rage guerrière de ta part serait grandement appréciée…

– J'ai mieux que ça, mon ami! répondit le gros garçon avec un ricanement. Mais promets-moi de ne pas bouger avant que je te le dise!

– À vos ordres, camarade!

– Maintenant, regarde bien et admire Gungnir dans toute sa puissance!

De toutes ses forces, Béorf propulsa sa lance en direction d'Anx la Noire. Gungnir traversa sans peine le corps de la harpie dans un gronde-ment de tonnerre qui fit vibrer toute la vallée. Ensuite, un éclair déchira le firmament et fondit directement sur le gant du béorite. La lance finit par se planter dans le sol en formant un gigantesque arc électrique entre l'arme et la main de Béorf. Une épaisse couche de nuages noirs, lourdement chargée d'ions positifs, se forma au-dessus de la vallée avant que le ciel en furie ne manifeste sa colère dans une série de détonations assourdissantes. D'autres éclairs commencèrent alors à s'abattre sur les harpies. La foudre frappa à répétition chacune d'entre elles et les grilla cruellement. Paniquées, d'autres se mirent à courir dans tous les sens afin de trouver un abri, en vain. Aucune d'entre elles ne survécut à la férocité de l'orage. Sans pitié, des colonnes d'électricité, formées de lumière blanche et bleue, avaient achevé d'éliminer au grand complet la colonie des femmes-vautours.

Une fois le travail de Gungnir accompli, Béorf rappela à Amos de ne pas bouger d'un poil pendant qu'il allait récupérer sa lance. Dans les secondes qui suivirent, le ciel se dégagea de ses gros nuages obscurs, et le soleil réapparut pour chauffer la vallée.

— WOW! s'exclama Amos en remuant à peine les lèvres. Cette lance est vraiment… vraiment…

— … ÉPATANTE! termina Béorf. TU AS VU ÇA? OUF! J'EN SUIS RENVERSÉ!

– Mais dis-moi, c'est la première fois que tu l'essaies, non ?

– Non, c'est la deuxième fois ! C'est au cours de mon premier essai que Geser a été blessé. Heureusement, il va mieux maintenant… C'est du moins ce que dit Maelström.

– Si j'ai bien compris, tout ce qui bouge autour de Gungnir une fois lancée est foudroyé !

– Exactement ! D'ailleurs, tu peux cesser maintenant ton imitation de statue de pierre…

– Merci de m'avoir averti, lança Amos en rigolant. J'aurais pu y laisser ma peau !

– Tu veux rire ? fit Béorf. Jamais je ne mettrais la vie du plus joli garçon de tout le continent en danger ! Lolya m'en voudrait trop !

– Cesse tes pitreries et allons fouiller le repaire d'Anx, dit Amos qui ne saisit pas l'allusion à Lolya. Nous devons absolument trouver ces cornes de bélier minéralisées !

14
La chapelle de Seth
et le repaire d'Anx la Noire

Dans son temple entièrement construit d'ossements humains, Seth, le dieu à tête de serpent, attendait une visite très spéciale. Il admirait patiemment les colonnes décorées de crânes humains qui supportaient le toit de son repaire tout en surveillant la magnifique Zaria-Zarenitsa. Celle-ci, enchaînée comme une bête, nettoyait les tibias et les fémurs incrustés dans les murs.

Soudain, une bourrasque fit vibrer les tapisseries et une femme lumineuse pénétra dans le temple. Seth prit alors un instant pour s'asseoir plus confortablement sur son trône d'or, puis salua courtoisement son invitée. Devant lui s'avança une femme portant un casque de guerre orné de petites cornes. Ses longs cheveux tressés en deux nattes très épaisses tombaient sur sa poitrine où, comme un scintillement d'étoile, brillait le collier Brisingamen. Radieuse comme le soleil et mystérieuse comme la nuit, Freyja salua discrètement son hôte.

– Que me vaut cette visite, chère Freyja? persifla Seth. Ce n'est pas tous les jours que les misérables dieux des mondes négatifs reçoivent une aussi belle visite. Je te présente Zaria-Zarenitsa, une déesse mineure que j'emploie pour mes basses besognes. Zaria, dis bonjour à la grande dame du panthéon nordique!

Honteuse de sa condition, la déesse baissa simplement la tête, sans plus.

– Pardonne-lui, belle Freyja, Zaria est un peu timide... Tu peux nous laisser, petite servante; va dans la pièce d'à côté et fais-toi plaisir, lave le plancher!

– As-tu bientôt terminé ton cirque, Seth? fit brutalement Freyja.

– Je te rappelle que c'est toi, ma belle étoile, qui voulais me voir! Si je t'embête, tu peux partir! Je ne te retiens pas...

– Je veux d'abord savoir ce que tu mijotes avec la toison d'or!

– La toison de quoi?

– Tu sais très bien de quoi je parle, s'impatienta la déesse.

– Mais en quoi cela te concerne-t-il?

– Nous savons ce que tu fais et nous… nous sommes d'accord avec ton plan…

– Par… pardon?! s'exclama Seth, véritablement étonné. Quel plan?

– Nous savons, dans les mondes positifs, que tu te sers d'un chevalier pour déclencher une grande guerre sur le monde et… et plusieurs d'entre nous approuvons tes actes.

– Eh bien… si je m'attendais à ça! Je suis… désarçonné!

– La guerre que se livrent les pôles positifs et les pôles négatifs de cet univers est une chose; le culte des porteurs de masques en est une autre. Nous voyons évoluer depuis trop longtemps déjà le jeune Amos Daragon et nous croyons qu'il possède les aptitudes nécessaires pour éliminer tous les dieux. Il est plus intelligent qu'un elfe et il possédera bientôt la sagesse qui lui permettra de connaître la façon de nous réduire à néant.

– Ah! si tu savais comme ce petit merdeux m'embête! Les porteurs de masques elfiques étaient beaucoup plus faciles à manipuler… Ils étaient si imbus d'eux-mêmes, si narcissiques et tellement fiers de leur puissance que cela les affaiblissait. Alors que celui-là, cet humain misérable… Il me désespère, l'insecte!

Un silence tomba entre les deux divinités. Seth en profita pour se lever et faire quelques pas autour de son trône.

– Je devine, belle Freyja, que tu souhaites que nous nous débarrassions d'Amos Daragon?

– Tu y travailles, n'est-ce pas? poursuivit la déesse. Alors, quel est ton plan?

– Parlons franchement, dit Seth en regagnant son siège. Avec l'aide de Zaria-Zarenitsa, j'ai ensorcelé un puissant chevalier nommé Barthélémy et je désire maintenant qu'il retrouve la toison d'or. Lorsqu'il l'aura en sa possession et qu'il la portera, il deviendra invincible! Comme cet humain a un cœur bon mais un esprit obtus, mes intentions sont de le lancer ensuite dans une grande croisade pour éliminer ce que lui croit être le mal. De cette façon, je provoquerai un déséquilibre du monde. Et qui se manifestera alors? L'élu de la Dame blanche! Mais comme mon chevalier sera invincible, eh bien, il achèvera sans mal Amos Daragon, et le plus doué de la nouvelle génération des porteurs de masques disparaîtra enfin! Tel est mon plan… simple et efficace.

– Savais-tu que, de notre côté, d'autres dieux et moi-même avons réussi à couper toute communication entre le porteur de masques et la Dame blanche?

– C'est une excellente nouvelle, ça! s'exclama Seth. J'admets que vous êtes forts dans le panthéon positif… très forts.

– Je te propose de former une alliance, TOI et MOI, afin de provoquer le chaos dans le monde des vivants et d'arriver ainsi à éliminer Amos Daragon. J'ai, avec moi, une équipe de dieux inférieurs et de déesses frustrées qui n'ont pas très envie de se faire éliminer par le porteur de masques.

– Et Odin… que pense-t-il de cette alliance? s'informa malicieusement Seth.

– Laisse mon mari à l'extérieur de cela, trancha Freyja. Ce que je fais, je le fais aussi pour lui…

– De la façon dont tu me parles de ton mari, je comprends qu'il n'est pas très d'accord, fit Seth en ricanant. Voilà donc une raison de plus pour m'allier avec sa femme…

– Alors? Marché conclu?

– Une chose avant! lança le dieu. Viendras-tu encore me voir lorsque toute cette histoire sera finie et qu'Amos Daragon sera définitivement anéanti?

– NON! dit fermement Freyja.

– Dommage, nous aurions été si heureux tous les deux…

– Cela suffit… Alors… marché conclu? répéta Freyja.

– MMMOUI! Ma belle Viking! Marché conclu!

– Nous nous reverrons bientôt, déclara Freyja en tournant les talons.

– Tout le plaisir sera pour moi, conclut le dieu serpent.

Freyja se dirigea vers l'arrière de la chapelle et disparut comme elle était venue, dans une bourrasque. Seth demeura seul et se mit à rire. Ses éclats de rire devinrent de plus en plus bruyants, puis carrément hystériques. Finalement, il explosa dans un rire homérique en se frappant les cuisses et en hurlant de bonheur. Les ondes de cette poussée soudaine d'activité divine eurent pour effet de créer plusieurs tremblements de terre dans diverses régions du monde.

***

Amos et Béorf pénétrèrent dans le repaire d'Anx la Noire. Le monticule d'ossements où avait été aménagée une porte rudimentaire était en fait l'entrée d'un long passage souterrain.

– Pouah! s'exclama Béorf. L'odeur est répugnante! Tu veux bien aérer un peu, Amos?

– Je peux essayer, mais la puanteur est si forte que je ne garantis rien.

Grâce à ses pouvoirs, le porteur de masques produisit un courant d'air ascendant qui expulsa du couloir des centaines de papillons de nuit et quelques dizaines de chauves-souris. Pourtant, malgré l'aération, l'odeur persista.

– Désolé, j'aurai essayé! lança Amos en ramassant deux morceaux de bois pour en faire des torches.

– J'ai l'impression d'avoir pénétré dans le derrière d'un gigantesque monstre!

– La comparaison n'est pas mal… Tiens, prends une torche, et descendons!

– D'accord. En tout cas, si c'est une bête géante et qu'elle pète, insista Béorf à demi sérieux, nous serons projetés jusque de l'autre côté de la vallée!

– Cesse de dire des bêtises! fit Amos Daragon en rigolant. Si c'est une bête géante et qu'elle pète, nos torches enflammeront les gaz et nous exploserons entre ses deux fesses!

– Rassurant! Vraiment très rassurant!

Le long couloir déboucha sur une petite salle mal taillée où avait été installé un lit d'ossements humains.

– Penses-tu que c'est Anx qui dormait là? demanda Béorf, écœuré par l'apparence de la couche.

– Si je me fie à l'odeur, je dirais que oui... Regarde par ici... Le passage continue.

– Ne faudrait-il pas fouiller ses affaires avant de partir? On ne sait jamais, peut-être que les cornes de bélier sont ici!

– Oui, tu as raison, regardons...

Les deux garçons défirent la couchette de la harpie, mais ne découvrirent que de la viande en putréfaction, des asticots, des cafards et des larves.

– Heureusement que Médousa n'est pas ici, je suis certain qu'elle...

– Arrête, Béorf, le supplia Amos. C'est déjà assez écœurant sans songer que Médousa pourrait... Ah! non, je n'ose pas y penser!

– Elles sont comme ça, les filles, très étranges... Continuons notre chemin.

Le passage s'arrêta bientôt pour faire place à un mur de pierre défoncé et donnant sur une pièce circulaire.

– Je te parie que c'est là que vivait le grand alchimiste, supposa Béorf au hasard. Il y a un escalier taillé à même la paroi, juste là...

– J'ai l'impression que nous sommes dans le soubassement d'une tour, dit Amos en jetant un coup d'œil dans la cage d'escalier. Montons voir…

À l'étage supérieur, les garçons découvrirent un banc et un simple écritoire sur lequel était posé un livre dont le premier paragraphe se lisait comme suit: «On dit que le rêve est une vie parallèle, très différente de la vie réelle et complémentaire aux événements du quotidien. C'est dans les songes que se trouvent les prémices d'un nouvel état intérieur où les problèmes se voient traités d'une autre façon.»

– Ça alors! fit Amos.

– C'est ce que j'ai entendu dans mon rêve! s'étonna Béorf.

– Moi aussi… Là, regarde! L'escalier continue juste là…

– Montons!

À l'étage au-dessus, ils découvrirent un laboratoire d'alchimie, rempli de toiles d'araignées, de vieilles bougies, de pots à ingrédients et d'appareils étranges. Il y avait des tonnes de vieux bouquins de notes rongés par l'humidité, mais, dans un coffre scellé, Amos trouva cinq livres en excellent état.

– On ne sait jamais, ils pourront peut-être servir à Lolya, pensa-t-il tout haut.

– Tu as trouvé quelque chose? demanda Béorf.

– Des bouquins pour Lolya, mais toujours pas de cornes de bélier !

– Je n'ai rien moi non plus... De toute façon, tout est pourri ici.

– Il y a encore un étage...

Plus haut, Amos et Béorf découvrirent ce qui semblait être une cuisine et une chambre à coucher, puis ils débouchèrent sur une petite terrasse de pierre. C'est là qu'ils comprirent qu'ils n'étaient pas dans une tour, mais dans une fortification de forme cylindrique creusée et construite dans le sol. De leur position, ils avaient une splendide vue en plongée sur la vallée.

– Bon, qu'est-ce qu'on fait maintenant ? dit Béorf. On repasse tout pour être certains que les cornes de bélier ne nous ont pas échappé.

– Ce ne sera pas nécessaire, je ne pense pas qu'elles soient là... Nous les aurions déjà trouvées.

– En es-tu certain ?

– Je t'explique mon raisonnement, commença Amos. Lolya nous a raconté que le spectre de l'alchimiste lui avait dit que c'était Anx la Noire qui possédait les cornes.

– Oui, mais nous avons fouillé sa couchette et nous n'avons rien trouvé ! fit Béorf, un peu agacé.

– Écoute, je crois que les harpies ne sont jamais montées dans ce bâtiment. Manifestement, elles auraient tout saccagé, comme le reste, sur leur passage… Par contre, elles sont bien entrées dans le sous-sol en défonçant le mur, mais ont été probablement arrêtées dans leur ascension par le spectre.

– Je vois, résuma le béorite, elles creusent, découvrent un mur, le défoncent, pillent le sous-sol, mais ne montent pas plus haut… et alors?

– Et alors, c'est dans le sous-sol que notre alchimiste avait bien caché les cornes de la toison d'or. Logiquement, c'était l'endroit le plus sûr pour les entreposer. Nos harpies ont pillé le sous-sol et se sont emparées de tous les objets précieux de l'alchimiste, y compris les cornes et, sans le savoir…

– Et sans le savoir… elles s'en sont débarrassées en pensant que cet objet n'avait pas de valeur, puisqu'il n'était pas en or, en argent ou incrusté de pierres précieuses!

– Exactement! lança fièrement Amos.

– Et alors? Ça ne me dit toujours pas où trouver ces fameuses cornes…

– Les cornes, ce sont bien des os, non?

– Oui, en quelque sorte…

– Alors, les harpies ont lancé les cornes au même endroit où elles déposent tous les ossements de leurs victimes! fit Amos en pointant la vallée du doigt. C'est-à-dire juste là!

Béorf se retourna lentement vers la direction que montrait son ami et vit, au loin, l'immense décharge de charognes infectes où ils avaient combattu les harpies.

– Tu ne veux pas dire que…

– Oui, je suis certain que les cornes sont là, quelque part sous les restes!

– OH! NON! fit Béorf, complètement dépité. Il va falloir fouiller dans ce charnier pour trouver…

– Tu as bien compris, assura Amos.

– Je commence à la trouver bien lourde, ta mission de porteur de masques…

15
Gamon, Zacharia et Sator

C'est par un bel après-midi ensoleillé, alors que Junos jardinait paisiblement avec Frilla, qu'un messager en provenance de Grands-Vallons, chef-lieu du royaume des quinze, demanda à voir le seigneur de toute urgence. À contrecœur, Junos abandonna sa gentille femme, passa des habits propres et se rendit à sa salle d'audience.

– Oui ? fit-il, un peu agacé, en entrant dans la salle. Vous avez un message pour moi, paraît-il ?

– Oui, mon bon seigneur, répondit le messager en exécutant une révérence.

– J'ose espérer qu'il s'agit d'une affaire suffisamment importante pour ne pouvoir attendre les heures prévues pour les audiences. C'est bien cela ?

– Tout à fait…

– Eh bien ! Qu'attendez-vous ? Quel est ce message ? !

– Le voici…

Brave Seigneur de Berrion,

Nous sommes désolés de vous apprendre que Gamon le Hardi a quitté ce monde et que le grand royaume des quinze se retrouve maintenant sans gouvernant. Dans le but d'élire un nouveau Grand Chevalier, nous vous invitons aux obsèques qui précéderont l'élection d'un nouveau chef.

Grands-Vallons se fera un plaisir de vous recevoir dignement.

Huard Dumontaie, scribe.

– Voilà autre chose, maintenant! s'étonna Junos. Gamon le Hardi était pourtant un homme solide! Que lui est-il donc arrivé?

– Je ne puis… Des rumeurs… Non… je ne crois pas que…, balbutia le messager.

– Parle franchement, tu ne crains rien ici. Quelles sont ces rumeurs?

– Empoisonnement, mon seigneur!

– Empoisonnement!?

– Après son dîner, Gamon le Hardi chevauchait sur ses terres en compagnie de sa femme Béacinne lorsqu'un malaise l'a saisi à l'estomac. Il a continué sa promenade sans se soucier outre mesure de ce détail, puis il est tombé de son cheval, raide mort. Ç'a été une mort foudroyante, comme celle qu'on associe au poison, mais…

– Mais?

– Mais, curieusement, les médecins n'ont pas trouvé de traces de poison dans son corps…

– Il est mort empoisonné ou non? s'impatienta Junos.

– Le poison est la version officielle, mais…

– Mais quoi?

– Mais certains prêtres affirment que ce sont les dieux qui… qui… qui auraient voulu sa mort!

– Attention! Ils ont le dos large, les dieux, mais il ne faut quand même pas les pointer du doigt chaque fois qu'un événement malheureux survient.

– Je vous répète les bruits qui courent…, répondit le messager en s'inclinant. Puis-je prendre congé, mon seigneur?

– Oui… tu peux partir! Mon scribe ici présent rédigera mes condoléances accompagnées d'une missive confirmant ma présence aux obsèques. De plus, j'y ferai indiquer combien de mes gens m'accompagneront. Également, je te remettrai une somme d'argent, par courtoisie pour mes hôtes, afin de pourvoir à nos besoins durant notre séjour à Grands-Vallons.

– Très bien, fit le messager. Vous pouvez compter sur moi.

Junos se leva et se rendit dans le jardin où Frilla se trouvait toujours. Il l'informa de la nouvelle.

– Tu as l'air très inquiet, dit Frilla. À quoi penses-tu ?

– J'ai l'impression que les choses ne tournent pas rond. Je pense à ce que nous a dit Sartigan sur Barthélémy, puis la disparition soudaine d'Amos durant les festivités du mariage et, maintenant, voilà qu'un des plus robustes chevaliers que je connaisse tombe raide mort de son cheval, comme ça, sans raison apparente.

– Je vois… Tout ceci n'est pas normal, en effet.

– Bon…, se reprit Junos. Nous verrons bien ce que l'avenir nous réserve ! Enfin ! Préparons nos affaires pour partir demain, à l'aube. Grands-Vallons est à une bonne distance… Je vais donner des ordres… et… et c'était si plaisant de jardiner avec toi…

– Va ! À notre retour, le jardin sera encore là, et nous en planterons, d'autres fleurs !

***

Zacharia tomba pour la troisième fois. Le jeune moine marchait depuis deux jours sans eau et sans nourriture. Il avait la gorge rugueuse, les lèvres tuméfiées et ses jambes tremblaient comme des feuilles au vent. Des frissons lui parcouraient tout le corps malgré un soleil cuisant.

Dans l'aridité de cette contrée semi-désertique où l'eau était rare et les villages inexistants, le jeune moine pensa que sa dernière heure était venue. Il parvint à s'adosser à un rocher et vit des vautours voler lentement au-dessus de lui.

« Ces oiseaux savent que je vais mourir, pensa-t-il. Je ne peux plus bouger… Je… je suis à bout… »

Le jeune homme ferma les yeux et se remémora son enfance à Bratel-la-Grande. Il se vit en train de jouer avec ses amis dans les ruelles de la capitale, puis il se rappela son entrée au monastère, puisqu'il avait décidé de consacrer sa vie à l'étude des textes sacrés sous le regard du dieu Ogmios. Il avait passé des jours merveilleux à étudier dans les immenses jardins du monastère ou à assister aux conférences de grands savants ou astrologues. Jamais il n'aurait pu imaginer que sa vie se terminerait ainsi, sur les terres d'Arcadie, loin de sa ville chérie et de sa famille.

« C'est bizarre. Je n'ai jamais aimé l'aventure et je n'ai jamais rêvé de contrées lointaines et exotiques. J'ai toujours voulu demeurer avec les miens à Bratel-la-Grande et ne connaître le monde que par le biais des livres. Les chemins de la vie sont étranges et ils nous mènent parfois là où nous nous y attendons le moins. »

Zacharia demeura longtemps ainsi adossé au rocher, le corps à l'ombre. À demi conscient, il crut entendre un merveilleux chant qui lui parvenait de par-delà du ciel. S'il avait été plus alerte, moins résigné à mourir, le jeune moine aurait pu se rendre un peu plus loin où il serait tombé sur un campement de minotaures. Les hommes-taureaux étaient en train de chanter leur chant traditionnel appelé le Khoomii. Dans leurs yourtes, les humanoïdes avaient de quoi manger et boire et, malgré leur apparence singulière, ils auraient volontiers partagé leurs provisions avec un humain en détresse.

Or, Zacharia s'abandonna au découragement. Il avait décidé que sa vie ne valait plus la peine d'être vécue et que, de toute façon, il n'aurait jamais la force de revoir la plus haute forteresse de Bratel-la-Grande. Dans son esprit fatigué, son chemin se terminerait dans un cul-de-sac.

« Je me demande ce que va devenir Sator, pensa-t-il avant de se laisser glisser dans son dernier sommeil. J'espère qu'elle pourra vivre en paix avec les siens… Au moins, j'aurai eu la chance de partager ce petit bout de mon existence avec elle. Nous aurions pu devenir de bons amis si… si… »

C'est ainsi que Zacharia sombra dans un sommeil comateux qui le conduisit jusqu'à la mort. En plus de n'avoir pu élucider le mystère de la toison d'or, le pauvre moine ne sut jamais si Barthélémy l'avait trouvée. Son esprit s'envola en abandonnant son corps aux vautours.

Ses restes furent retrouvés le lendemain par une dizaine de chevaliers de Bratel-la-Grande qui avaient été chargés de le ramener. Ils lui tranchèrent un doigt pour le remettre à leur seigneur comme preuve de sa mort et ensevelirent le cadavre sous un monticule de pierres. L'un des chevaliers grava la lettre Z sur une pierre poreuse qu'il posa ensuite au sommet de la tombe. Les hommes prononcèrent quelques mots à sa mémoire, puis quittèrent le désert en direction de l'oasis des femmes centaures où les attendaient leurs compagnons.

**

Sator avait été reçue à l'oasis, mais son séjour fut de courte durée. Ainsi en avait décidé le conseil des anciennes au cours de l'assemblée extraordinnaire convoquée par la doyenne.

– Le jeune homme que nous avons chassé, avait-elle dit, est recherché par ses semblables. Bientôt, les humains arriveront jusqu'à nous et saccageront tout sur leur passage. Je connais bien ces humains, ils sont avides de pouvoir. Ils n'hésiteront pas une seconde à nous capturer toutes pour nous réduire en esclavage. Protégeons notre peuple, protégeons nos enfants ! Désirons-nous continuer de vivre en paix ou devenir les servantes d'une race de barbares ?

Le conseil avait été ébranlé par les révélations de la doyenne. On l'avait d'autant plus crue qu'elle connaissait les hommes pour avoir été leur esclave pendant plusieurs décennies.

– Je sais ce qu'ils veulent par-dessus tout ! avait-elle poursuivi. Je vous répète que je les connais bien, ces ogres! C'est Sator qu'ils veulent! Ces monstres ont découvert que son pelage était doré comme le soleil et ils veulent en tirer profit. Les humains sont attirés par tout ce qui brille et vouent un culte à l'or, à l'argent et aux pierres brillantes! Ils en font des parures pour leurs vêtements ou les échangent contre des biens, du bétail ou des esclaves! Or, je vous dis ceci: débarrassons-nous de Sator et nous assurerons notre paix. Son pelage représente une menace pour notre communauté! Si nous nous entêtons à la protéger, d'autres hommes viendront... toujours plus nombreux! ELLE EST UNE MENACE, J'EN SUIS CONVAINCUE!

Les anciennes s'étaient regardées en silence. Chacune savait que la doyenne avait sans doute raison. De génération en génération, le pelage doré se transmettait de mère en fille dans la lignée de Sator et, comme la jeune centaure n'avait pas encore eu d'enfant, il était peut-être temps d'agir et de régler ce problème génétique. Les anciennes ne considéraient pas l'originalité comme une force, mais plutôt comme un maillon faible. Et puis, elles avaient peur. Elles étaient souvent terrorisées par les mâles de leur espèce et subissaient, dès qu'ils revenaient de leurs expéditions, leurs invectives et leur rudesse. Constamment rabrouées, elles avaient perdu confiance en elles-mêmes et ne désiraient qu'une chose : vivre en paix dans l'oasis. Les mâles y venaient très rarement, trop occupés qu'ils étaient à faire la guerre aux minotaures, à piller des villages ou à se saouler loin de leur famille.

– Nous devons nous débarrasser de Sator ! avait insisté la doyenne. Laissons-la aux humains et assurons-nous qu'elle n'aura jamais de descendance ! Sacrifions-la pour assurer notre paix…

Finalement, d'un commun accord, le conseil avait opté pour la solution proposée par la doyenne. En invoquant un faux prétexte, on avait amené Sator près du lac et l'une des membres du conseil l'avait frappée violemment avec un gourdin derrière la tête. La jeune centaure était tombée sur le sol, l'impact lui brisant le cou. La figure dans l'eau du lac qui l'avait vue grandir, son âme était allée rejoindre celles de milliers d'innocents que l'on sacrifie pour des causes absurdes. On l'avait abandonnée sur la plage comme un vulgaire déchet, et toutes les femmes-chevaux étaient allées se mettre à l'abri des hommes, en prenant bien soin d'effacer leurs traces.

Seulement quelques heures après le meurtre, les chevaliers de Bratel-la-Grande avaient trouvé le corps de la centaure au bord du lac. Plusieurs d'entre eux avaient été chargés de suivre la piste de Zacharia qui avait déjà quitté l'oasis. Les autres étaient demeurés près de Sator.

– Pourquoi Zacharia l'aurait-il tuée? demanda un chevalier à son compagnon.

– Je ne sais pas, répondit l'autre en haussant les épaules. Il avait pourtant l'air gentil, ce petit moine… Qui sait, il a peut-être perdu la tête!

– Je te parie qu'il l'a demandée en mariage, mais qu'elle a refusé, fit le premier en rigolant.

– Parce qu'elle était déjà fiancée à un étalon!

– Allez! Trêve de plaisanteries… Faut emballer le corps de cette pauvre créature pour le transport. Je me demande comment Barthélémy réagira?

– Sûrement très mal…

Dans sa cachette, la doyenne des centaures murmura:

– Je le savais… Nous avons bien fait de nous débarrasser d'elle… Les humains ont ce qu'ils veulent et nous aussi… Nous pourrons vivre en paix.

16
Les cornes de bélier

Flag Martan Mac Heklagroen avait posé la flagolfière sur la terrasse de la forteresse de l'alchimiste où toute l'équipe campait depuis une semaine.

Maelström, préoccupé par la santé de Geser, était parti le rejoindre à Upsgran. Mais, auparavant, le dragon avait fait promettre à Amos de lui envoyer chaque jour une sphère de communication pour le tenir au courant de leurs péripéties. C'est avec tristesse qu'il avait quitté ses frères et ses sœurs, mais son inquiétude pour l'état de Geser avait été plus forte que son désir de poursuivre l'aventure. Geser était son père et il avait envie de le revoir.

Amos, Lolya, Béorf et Médousa passaient toutes leurs journées dans le charnier des harpies. Ils soulevaient chaque ossement, scrutaient le sol à la base de chaque arbre et essayaient de ne pas négliger la moindre parcelle de terrain. La tâche était éreintante et, le soir venu, les adolescents revenaient à la flagolfière complètement épuisés. Heureusement, Flag s'occupait des repas et de l'organisation du camp. Il préparait des breuvages qu'ils pouvaient emporter et faisait en sorte d'égayer leur journée par de petites collations sucrées et de bons mots d'encouragement. Le lurican avait même fabriqué une douche rudimentaire où l'eau, chauffée naturellement par le soleil durant le jour, descendait jusqu'à une passoire qui distribuait le jet de façon égale. C'est aussi Flag qui se chargeait de la lessive, s'assurant ainsi que les chemises et les pantalons aient toujours une bonne odeur fraîche. Le lurican imaginait sans peine combien il devait être pénible de retourner des ossements du matin au soir tout en respirant la puanteur qui se dégageait des restes en putréfaction, et il comprenait que, pour y arriver, Amos devait se sentir appuyé en sachant que quelqu'un se chargeait des détails techniques et leur procurait, à lui et à son équipe, le confort nécessaire pour qu'ils puissent bien se reposer.

Maintenant, le soleil tombait sur leur septième journée de recherches et les adolescents, lavés et les vêtements nettoyés, se préparaient à attaquer le succulent repas de Flag.

– Je suis complètement écœuré de cette vallée de squelettes! se plaignit Béorf. On ne trouvera jamais rien là-dedans! C'est comme chercher une aiguille dans une botte de foin!

– As-tu une meilleure idée? lui demanda Médousa, trop fatiguée pour endurer les jérémiades de son ami. Tu sais, nous sommes ouverts à toutes les suggestions, alors si tu as une meilleure idée, dis-le! Mais sache que je ne m'amuse pas beaucoup non plus...

– Non... je... je n'ai pas d'idée, désolé..., soupira Béorf, l'air piteux. Je ne voulais pas vous saper le moral...

– Ne t'en fais pas, Béorf, il n'y a rien à saper! intervint Lolya en massant ses pieds endoloris. Depuis deux jours, j'ai moi-même le moral à zéro...

– C'est normal d'être découragé, Béorf, dit Médousa qui regrettait maintenant de l'avoir un peu brusqué. Excuse-moi d'avoir été dure avec toi...

– Ouais, ça va...

– Moi, j'ai mal au dos, aux jambes, à la nuque et je crois ne plus jamais pouvoir supporter une mouche virevoltant autour de moi, se lamenta Amos à son tour. Je n'en reviens pas! J'en ai grillé des milliers, mais elles sont toujours aussi nombreuses… Si ça continue, elles viendront à bout de mes pouvoirs.

– Et si tu nous faisais une bonne tempête de vent dans le charnier? lui suggéra Béorf. Tu sais, une grande tornade qui nettoierait toute la vallée!

– Et ensuite on aurait plus qu'à chercher les cornes de bélier dans toute l'île, c'est ça? fit Lolya en plongeant ses pieds dans un bassin d'eau froide. Excuse-moi, mais je préfère encore le charnier…

– Il n'y a pas que des inconvénients dans notre travail! lança Médousa pour faire diversion. Regardez, j'ai trouvé une bague, deux bracelets en or et quelques pièces de monnaie, très étranges d'ailleurs… Les harpies avaient sûrement oublié de les prendre à leurs victimes.

– Pour ma part, ajouta Lolya, revigorée par son bain de pieds, j'ai trouvé une couronne de branches d'olivier séchées, une petite pierre octogonale, un sac de sel et un manche de dague rouillé…

– Eh bien, moi, je n'ai trouvé qu'un morceau de bois un peu pourri, mais sculpté en forme de rose! dit Amos. Je m'en suis débarrassé.

– Moi, j'ai trouvé deux cors de guerre en assez mauvais état, déclara Béorf. J'essaierai de les rafistoler… Je vous les montrerai plus tard, ils sont dans mes affaires. Vous verrez, ils ont du style !

Flag arriva enfin avec le dîner.

– Soupe de légumes pourrr commencer ! annonça-t-il en posant le chaudron sur la table. Il y a ici du pain et, là, de magnifiques trrranches de saucisson séché. Bon appétit, tout le monde !

Les adolescents tombèrent la tête la première dans la marmite. Même Médousa, qui avait pourtant son régime bien à elle d'insectes et de papillons de nuit, ne se plaignit pas du menu composé également de riz, de haricots, de jambon salé et de saumon fumé. Puis un assortiment de fruits sauvages vint compléter le repas.

Enfin repus, les quatre amis applaudirent chaleureusement le cuisinier. Flag, tout fier, leur prépara pour finir une spécialité de l'île de Freyja : une boisson chaude digestive à base de miel et de thé très parfumé.

– Amos, voici le bon moment pour t'annoncer une excellente nouvelle, je crois ! révéla Lolya en soufflant sur son thé pour le faire refroidir.

– Une bonne nouvelle ?! Eh bien, c'est plutôt rare ces temps-ci !… Je t'écoute !

— Tu sais, les livres de l'alchimiste que tu m'as donnés…

— Oui… je me les rappelle. Tu parles bien de ceux que j'ai trouvés dans la forteresse de l'alchimiste ?

— Exactement, oui… Je les ai regardés hier avant de m'endormir et j'ai constaté qu'un de ces bouquins est entièrement consacré aux pierres de puissance. Apparemment, elles étaient beaucoup utilisées dans les sciences alchimiques pour transformer le minerai en or. Mais voilà, un de ces livres donne la formule qui permet de créer des pierres de puissance ! Que penses-tu de cela ?

— Attends, tu veux dire que… ?

— … que je pourrais peut-être créer les pierres qu'il te manque…

— Tu veux rire ! lança Amos, ébahi. Tu pourrais fabriquer les quatre pierres dont j'ai besoin ?

— Peut-être pas celles du masque de l'eau, répondit franchement Lolya qui s'y connaissait peu en magie aquatique, mais je crois avoir ce qu'il faut pour les pierres du masque de la terre. Le laboratoire de l'alchimiste est en décrépitude, mais j'ai remarqué que certains ingrédients sont encore parfaitement utilisables. J'y prendrai ce que je jugerai utile et, dès notre retour à Upsgran, je tâcherai de te les fabriquer.

— Tu es vraiment géniale, Lolya! s'exclama Amos en lui donnant un baiser sur la joue. Tu as raison, c'est une excellente nouvelle!

La jeune nécromancienne toussota pour cacher son émotion. Au contact des lèvres d'Amos sur sa joue, son cœur avait fait deux tours et une vague de chaleur l'avait submergée.

— Mais c'est tout naturel, voyons…, dit-elle d'un ton faussement détaché.

***

Le travail dans la vallée s'était poursuivi encore le lendemain, mais les adolescents étaient plus dégoûtés et démoralisés que jamais.

Ces fouilles se classaient bonnes premières dans le palmarès de leurs pires aventures. Malgré les masques de tissu rudimentaires qu'ils portaient sur le visage, l'odeur de charogne était atroce. Des nuées de mouches leur tournaient constamment autour, et le petit son qu'elles produisaient devenait aussi exaspérant que leur présence. Amos en perdait souvent la tête et enflammait des nuages entiers de ces bestioles, mais toujours elles revenaient, toujours plus nombreuses la fois suivante. Médousa était sans doute la moins importunée, car ses cheveux-serpents s'amusaient à gober un par un les insectes volants qui se hasardaient trop près de sa tête. Malgré les incantations de Lolya pour apporter la chance au groupe, rien n'avançait. Quant à Béorf, plus les journées s'écoulaient et plus il devenait irritable. Le gros garçon piquait des colères pour un rien et son travail devenait de plus en plus brouillon.

— Je t'ai demandé cent fois de regarder où tu jettes les ossements, Béorf! se fâcha Médousa. J'ai déjà fouillé ce bout de terrain et…

— Mais laisse-moi donc travailler en paix! lui répondit-il sèchement. Tu ne vois pas que je fais ce que je peux?

— Tu ne fais pas ce que tu PEUX, tu fais ce que tu VEUX! insista la gorgone. Si tu prêtais un peu attention à…

— C'est ça, c'est ça! l'interrompit Béorf. Tu as toujours raison, toi!

— Eh, tête de noix! vas-tu me laisser finir? Je disais que si tu prêtais…

— Tête… tête de quoi? demanda le béorite, vexé.

— TÊTE DE NOIX! répéta Médousa en élevant le ton. Sais-tu pourquoi je te traite de

TÊTE DE NOIX ? PARCE QUE TU RAISONNES COMME UNE COQUILLE !

– Tu cherches la bagarre, hein ? la défia Béorf en serrant les dents. Tu es chanceuse, car si tu n'étais pas une fille, je t'aurais déjà mis mon poing sur le nez !

– Mais ne te gêne pas, TÊTE DE NOIX ! D'ailleurs, ça fait longtemps que j'attends de te botter le derrière ! TÊTE DE NOIX ! TÊTE DE NOIX ! TÊTE DE NOIX !

– OH ! cessez de vous disputer ! intervint Lolya. Le travail est déjà assez difficile comme ça ! Si en plus, on doit se…

– Chacun se mêle de ses affaires et TOI, DES TIENNES ! répliqua agressivement Béorf.

– Désolée, mais quand vous me pompez l'air, vos affaires deviennent MES AFFAIRES ! cria la nécromancienne.

– Mais taisez-vous donc, fit Amos. Ce n'est pas comme ça que nous…

– FERME-LA ! s'exclamèrent les trois autres en même temps.

– Et toi, profites-en aussi pour te taire ! grogna Béorf à la gorgone.

Bouillante de rage, Médousa s'élança vers son ami et lui enfonça son poing dans le ventre. Le béorite encaissa le coup sans broncher, puis riposta en poussant la gorgone dans une flaque de boue. Amos voulut arrêter cette stupide querelle, mais comme il courait en direction de Béorf avec l'intention de le calmer, il trébucha sur le squelette d'un requin marteau et poussa bien involontairement le béorite sur Médousa. Devant le spectacle ridicule de ses deux amis pataugeant dans la boue, Lolya pouffa de rire. Voyant cela, la gorgone se releva et saisit une motte de terre qu'elle lança au visage de la jeune Noire. Béorf, croyant qu'Amos avait fait exprès de le faire tomber, le saisit par la ceinture et l'entraîna avec lui dans la mare boueuse. Également en colère, Lolya sauta au cou de Médousa qui, sans le vouloir, écrasa le visage d'Amos profondément dans la boue. Le béorite, qui commençait à trouver cette nouvelle activité amusante, sortit de la mare, prit son élan et se lança par-dessus ses amis en les aplatissant tous. L'affrontement se termina heureusement dans l'hilarité générale où, après un combat de lutte, les adolescents se souillèrent bien plus qu'ils ne se firent mal.

– Je crois que notre journée de recherches vient de se terminer! décida Amos, tout essoufflé.

– Aide-moi à sortir de ce trou boueux, veux-tu? demanda Lolya en lui tendant la main.

– Voilà! fit le garçon en tirant son amie.

– À ton tour de sortir, dit Béorf en poussant Médousa à l'extérieur de la petite mare.

– Merci, lança-t-elle avant de l'aider à son tour. Tu sais… je regrette ce que j'ai dit… Ce n'est pas vrai que tu es une… une tête de…

– Ne recommence pas ou tu retournes dans la boue! blagua Béorf. Sérieusement, je suis aussi désolé de t'avoir brusquée…

– Bon, bon, bon! s'écria le porteur de masques en s'essuyant le visage. Rentrons, nous avons besoin de repos…

– Tu as bien raison, approuva le béorite, je profiterai du reste de la journée pour nettoyer mes deux cors de guerre…

– Tes deux quoi?

– Mes deux cors de guerre! Tu ne te rappelles pas? Quand nous parlions des choses que nous avions découvertes dans le charnier, j'ai dit que j'avais trouvé deux cors de guerre en mauvais état…

Amos demeura interdit en regardant Béorf d'une bien étrange façon.

– Dis-moi, demanda-t-il finalement à son ami, quand exactement les as-tu trouvés?

– La toute première journée de nos recherches, répondit Béorf avec hésitation, intrigué qu'il était par l'attitude d'Amos.

– Veux-tu me les décrire?

– Oui, bien sûr! Ils ressemblent à deux cornes de bête; ils sont en forme de colimaçon…

– Un peu comme des cornes de… de bélier?

– Si tu veux, oui! reconnut Béorf. À une différence près, c'est qu'ils semblent avoir été taillés dans la pierre.

Cette révélation eut l'effet d'un coup de poing sur Amos. Il tomba à genoux, tout aussi heureux que déconcerté par son ami.

– Tête de noix…, soupira Médousa. MAIS QUELLE TÊTE DE NOIX!

– Qu'est-ce qui se passe? Qu'est-ce que j'ai encore fait? fit le gros garçon, confus.

– Béorf! s'exclama Lolya. Depuis une semaine, nous fouillons ce charnier puant et répugnant, à travers des nuages de mouches crasseuses afin de dénicher des CORNES DE BÉLIER EN PIERRE! Et te voilà en train de nous expliquer que tu as trouvé ces CORNES DE BÉLIER EN PIERRE dès la première journée de nos recherches?

– Ce ne sont pas des… des…, réfléchit le béorite, un peu honteux. C'est vrai qu'à bien y penser… à bien y penser, ces cors ont peut-être davantage l'allure de…

– OÙ SONT LES CORNES, BÉORF ? hurla Médousa, folle de rage.

– Dans la nacelle de la flagolfière ! répondit-il vivement.

– VITE ! À LA NACELLE ! lança Lolya en se précipitant devant.

Quelques instants plus tard, les jeunes aventuriers contemplaient ce qu'ils recherchaient depuis des jours. Dans ses mains, Lolya tenait les premiers morceaux de la toison d'or.

– C'est vrai que ces cornes ressemblent à des cors, non ? déclara candidement Béorf.

Comme seule réponse, le gros garçon reçut une tape derrière la tête, gracieuseté de Médousa. Il comprit alors qu'il vaudrait peut-être mieux ne plus aborder le sujet de cette façon.

17
Les manticores

La flagolfière était en route vers l'île du grand lac Ixion. Selon les révélations que le spectre de l'alchimiste avait faites à Lolya, c'est à cet endroit que se trouvait l'arbre qui leur livrerait l'élément végétal de la toison d'or.

– Je crrrois que nous ne pourrrrons pas voler davantage ce soirrr! lança Flag en observant le ciel. Ces nuages ne m'inspirrrent guèrrre confiance… Je prrrévois de forrrtes pluies durrrant la nuit…

– En effet, approuva Amos, il serait plus sage de nous poser avant la nuit.

– Je ne suis pas d'accord, opposa Lolya. Nous sommes trop près de la jungle de Kouroum, une région infestée de manticores.

– Des mantis quoi? fit Béorf qui n'avait jamais entendu parler de ces créatures.

– Des manticores, Béorf, reprit la nécromancienne. Mon peuple connaît bien ces monstres, car nos terres sont attenantes à la jungle. Elles ont un corps semblable à celui du lion, mais avec une tête humaine pourvue de dents de requin tranchantes comme des couteaux. Leurs grandes queues écailleuses lancent des dards empoisonnés dont personne ne connaît l'antidote. Je vous le dis, ce serait une grave erreur de se poser ici !

– Hum…, fit Médousa, si je comprends bien, il n'est pas sécuritaire de rester dans les airs et il est trop risqué d'atterrir ! Et si nous demeurions suspendus entre les deux ?

– Que veux-tu dire par « suspendus entre les deux » ? demanda Amos, intéressé par la proposition.

– Je veux dire : entre ciel et terre, expliqua la gorgone. Nous pourrions descendre juste au-dessus des arbres et y arrimer solidement la flagolfière. De cette façon, nous ne serions ni trop bas pour nous faire voir par les manticores, ni trop haut pour qu'une tempête compromette notre sécurité.

– Pas mal comme idée ! répondit Amos. Qu'est-ce que tu en penses, Flag ?

– Je crrrois que cette petite gorrrgone a de bien bonnes idées ! répliqua le lurican. Donc, au trrravail, je prrréparrre le matérrriel !

Flag attacha quatre longues cordes à différents points stratégiques de la nacelle et fit descendre le ballon. Sous une pluie froide de début de tempête, Médousa se chargea d'arrimer solidement l'engin à la cime des arbres, puis elle remonta jusqu'à la nacelle où Béorf avait installé un toit rudimentaire à l'aide d'une toile de tente. La gorgone eut juste le temps de s'abriter qu'un spectaculaire orage éclata. Une trombe d'eau s'abattit alors sur la flagolfière et inonda la nacelle.

– Il faut écoper immédiatement ou nous serons vite trop lourds pour demeurer au-dessus de la forêt! déclara Lolya, inquiète de la situation.

– Je rrrègle ça tout de suite, dit Flag, un vilebrequin à la main.

Sous le regard incrédule de ses compagnons, le lurican perça des trous dans le plancher de la nacelle pour en évacuer l'eau.

– Maintenant, plus de danger de noyade! assura Flag en rigolant. Sans compter que nous rrrecharrrgeons nos rrréserrrves d'eau potable grrrâce à un système de rrrécupérrration d'eau de pluie que j'ai mis au point!

– C'est génial, Flag! C'est très bien! Bon… et si on mangeait quelque chose? proposa Béorf dont l'estomac gargouillait depuis un bon moment déjà.

— Je ne sais pas si c'est bien sage, objecta Lolya. Les manticores ont le nez fin et elles peuvent déceler les odeurs de nourriture à des lieues à la ronde.

— Quand même, s'indigna le gros garçon. Je ne propose pas un festin, mais seulement un bout de saucisson que nous partagerons…

Sans attendre l'approbation de ses amis, Béorf commença à fouiller dans les provisions. Trop pressé par le désir urgent de satisfaire son estomac, il laissa échapper par-dessus bord un gros morceau de jambon salé. La pièce de viande tomba lourdement en brisant quelques branches au passage.

— Oups!… dit-il sans plus.

— Bravo, Béorf! fit Lolya, exaspérée. C'est exactement la bonne façon de nous faire repérer! Il faut maintenant que quelqu'un descende récupérer ce jambon, sinon…

— Du calme, du calme, grogna le béorite. Je suis désolé… Je n'ai pas fait exprès… Bon, c'est moi qui vais descendre pour le récupérer, ne vous inquiétez pas!

— Ce n'est pas une très bonne idée, déclara Amos en regardant par l'un des trous au fond de la nacelle. Il y a du mouvement en bas…

Comme le porteur de masques terminait sa phrase, des sons gutturaux ressemblant à la musique d'une trompette bouchée parvinrent jusqu'à la nacelle. Lolya le savait, il s'agissait bien du cri distinctif des manticores.

– Je distingue trois corps sous le feuillage, continua Amos. Oh! là là! ce sont de grosses créatures!

– Taisez-vous maintenant, chuchota Lolya. Leur ouïe est aussi fine que leur odorat. Ces monstres sont très curieux et nous ne devons pas attirer leur attention...

– On pourrait descendre et les mater, proposa Béorf avec un sourire en coin.

– Je te rappelle qu'elles utilisent des dards empoisonnés pour se défendre, murmura la nécromancienne. Une seule piqûre et c'est la mort, Béorf...

– Taisez-vous maintenant, fit Amos à son tour. Attendons plutôt que les manticores s'éloignent. De toute façon, avec cette pluie qui tombe, elles n'ont pas pu nous entendre...

– Nous entendre, non..., ajouta Médousa, mais elles pourraient nous goûter...

– Nous goûter? demanda Amos. Je ne comprends pas...

– Nous pourrions être trahis par l'eau qui ruisselle sur nous et s'écoule ensuite de la nacelle. Quelques gouttes seulement et elles sauront qu'il y a quelque chose à manger au-dessus de leurs têtes.

– J'espère que tu te trompes, soupira Amos. Je n'ai vraiment pas envie de les affronter…

– Chut! dit Lolya. Écoutez… J'entends quelque chose…

Le son que la jeune Noire avait entendu se répéta une deuxième, puis une troisième fois. On aurait dit que la nacelle était bombardée de petites pierres.

– Mais oui, j'entends. Qu'est-ce que c'est? s'inquiéta Amos en retenant son souffle.

– Ce sont les manticores qui nous lancent leurs dards, affirma Lolya. C'est ce qu'on entend rebondir sur la nacelle… Elles savent maintenant où nous sommes cachés et, bientôt, elles essayeront de grimper aux arbres.

– Bon, alors, qu'est-ce qu'on fait? demanda Béorf. On les prend de vitesse et on les attaque? Je n'aurai qu'à utiliser Gungnir avant de…

Le ciel se déchira, la pluie redoubla d'ardeur, puis un coup de tonnerre ébranla toute la jungle. Sous leur abri de fortune, Amos et ses compagnons étaient tous trempés de la tête aux pieds.

– Non, Béorf, c'est trop dangereux, déclara le porteur de masques. Je ne saurais te dire pourquoi, mais j'ai le pressentiment que les éclairs que produirait ta lance à travers cette pluie pourraient nous être fatals…

– Hum, peut-être, admit le béorite. As-tu une autre solution ?

Le feuillage sous eux commença à s'agiter frénétiquement, comme si, depuis le sol, les manticores essayaient de faire tomber leurs proies en secouant l'arbre. Heureusement, la flagolfière n'était pas posée directement sur les branches, mais bien suspendue dans les airs grâce à son ballon à air chaud. De ce côté, donc, il n'y avait rien à craindre.

– Je pense que nous devrions couper les cordes et essayer de nous élever jusqu'au-dessus de la tempête, proposa Amos. Il fait trop sombre et nous ne sommes pas en état de combattre efficacement… De plus, je ne veux pas que nous risquions de recevoir un de leurs dards empoisonnés !

– Ce n'est pas trrrrès sage non plus d'affrrronter la tempête ! commenta Flag. Les turrrbulences déchirrrerrront la toile du ballon avant même que nous rrréussissions à nous élever un peu…

– Pas si nous montons très vite, le corrigea le porteur de masques. Écoutez-moi tous… Je vais augmenter la température de l'air du

231

ballon et, à mon signal, coupez les cordes !
Nous serons propulsés très haut et à une très
grande vitesse. Nous devrions donc passer à
travers l'orage sans trop de dommages…

– Moi, je suis d'accord, mais je tiens à
préciser que je déteste cet engin de malheur !
grommela Béorf en se renfrognant.

– Ne crains…

– Ne bouge pas ! dit soudainement
Médousa à Lolya. Là, derrière toi…

Une patte aux longues griffes effilées venait
de se poser sur le rebord de la nacelle, au-dessus
de la tête de la nécromancienne. La gorgone,
dont les yeux s'adaptaient aisément à l'obscurité, l'avait vite aperçue. Amos se prépara à
allumer une torche pour voir ce qui arrivait,
mais Médousa le retint d'un geste. Puis, pour
éviter un accident, elle fit signe à Lolya de fermer
les yeux et retira délicatement ses lurinettes.
C'est alors qu'une deuxième patte vint s'agripper
à la nacelle.

Le porteur de masques devina qu'il devait
immédiatement se concentrer pour surchauffer
l'air contenu dans le ballon. De leur côté, Béorf
et Flag saisirent chacun un couteau et se prépa-
rèrent à couper les amarres de la flagolfière.

– Allez… montre-moi ton horrible figure,
murmura Médousa d'une voix à peine audible

en prenant lentement la place de Lolya. Allez…
montre-moi tes yeux, vilaine créature…

Comme l'avait prévu la gorgone, la tête de
la manticore apparut entre ses deux pattes
accrochées à la nacelle. Manifestement, le
monstre avait réussi à grimper jusqu'au
sommet d'un arbre et se tenait sur une de ses
branches.

Médousa vit son gros visage rond pourvu
d'une bouche surdimensionnée scruter
l'obscurité à la recherche de nourriture. Elle
décida de bondir devant la manticore en
poussant un puissant cri qui fit perdre
l'équilibre à son adversaire. Le monstre
s'agrippa alors solidement à la flagolfière pour
ne pas tomber, mais son regard croisa celui de
la gorgone. La peau de la créature se durcit et
ses muscles se figèrent dans la pierre. Toujours
cramponnée à la nacelle, la manticore eut à
peine le temps de lancer un petit cri de détresse
qu'elle se retrouva entièrement pétrifiée.

De nouveau, un violent coup de tonnerre
fit trembler la jungle.

– COUPEZ LES CORDES ! ordonna Amos.
ET ACCROCHEZ-VOUS !

Flag et Béorf s'exécutèrent et la flagolfière
s'envola instantanément. Médousa tomba à la
renverse sur Lolya, manquant l'assommer d'un

bon coup de tête. D'autres dards venimeux vinrent se planter dans le bois de la nacelle avant qu'elle ne soit hors de portée des manticores.

Dans la pluie et le vent, Amos se concentra pour créer une colonne de vent ascendant afin d'accélérer leur montée. Trois éclairs déchirèrent le ciel avant que la turbulence ne fasse céder une des cordes maîtresses retenant le ballon à la nacelle. Instinctivement, Béorf attrapa les deux extrémités de la corde et les tint fermement. C'était maintenant lui qui retenait une partie importante de l'habitacle, puisque, à son grand étonnement, Flag gisait immobile sur le plancher de la nacelle.

La flagolfière traversa une seconde zone de turbulences qui la malmena passablement avant d'émerger au-dessus de la tempête. C'est à bout de forces que Béorf finit par hurler :

– LA CORDE ME GLISSE DES MAINS… IL FAUT RATTACHER LA CORDE…

Aussitôt, Amos se précipita vers son ami. De peine et de misère, les deux garçons réussirent à nouer la corde.

– Flag, il faudra que tu voies cela ! dit le porteur de masques après avoir bien vérifié la solidité du nœud. Flag ?

– Il est ici ! répondit Lolya. Je crois que… que nous allons le perdre…

Par malheur, le dard d'une manticore était passé par l'un des trous d'évacuation d'eau de la nacelle et s'était fiché dans le pied du lurican. Flag vivait sans aucun doute ses dernières minutes.

– AH! NON! cria Amos. Pas Flag!

– Il n'y a pas d'antidote connu contre le poison des manticores, lui rappela Lolya. Je ne peux rien pour lui…

– Il y a bien un moyen de le sauver! s'entêta Amos. Il y a toujours une solution à tout!

– Désolée, Amos, je ne vois pas…, soupira la nécromancienne.

– Dis-moi, Lolya, le poison se propage par le sang, n'est-ce pas?

– Oui.

– Alors, nous avons besoin de sang! lança Amos, encouragé. Faites-vous chacun une entaille au doigt et ne discutez pas! Si nous voulons sauver Flag, il faut faire vite!

Lolya, Médousa et Béorf s'exécutèrent sans poser de question.

– J'espère que notre ami pourra supporter le mélange sanguin! dit Amos en se tailladant à son tour.

En utilisant ses pouvoirs sur les corps liquides, le porteur de masques ordonna à son sang et à celui de ses amis d'entrer dans les veines de Flag en les purgeant du venin qui y courait. Comme un long serpent rouge à quatre queues, le liquide pénétra dans le corps du lurican par une ancienne blessure et remplaça en grande partie le sang souillé qui, lui, fut rejeté par la même plaie. Flag bénéficia donc des caractéristiques sanguines des trois races et fut vite revigoré. Il ouvrit les yeux et aperçut ses amis penchés sur lui.

– J'ai perrrdu conscience ? dit-il. Où sommes-nous ?

– Au-dessus des nuages, répondit Amos, affaibli par la mésaventure.

– Nous avons réussi…, se réjouit Lolya, tout aussi fatiguée.

– Allez, debout ! s'exclama Flag. Ce n'est pas le moment de dorrrmirrr ! Ouatch ! encorrre cette blessurrre qui s'est rrréouverrrte !

– À bien y penser, lança Béorf, nous aurions dû l'assommer pour qu'il dorme encore quelques heures…

Personne ne releva sa blague, car Amos, Lolya et Médousa s'endormaient déjà dans le fond de la nacelle, tandis que Flag reprenait la barre de son engin.

18
Le grand lac Ixion

Après bien des tribulations, Barthélémy avait finalement réussi à atteindre l'île centrale du grand lac Ixion. Le seigneur avait été obligé de laisser ses chevaux en garantie afin d'emprunter des bateaux de pêche pour y transporter ses hommes. Ils avaient failli chavirer plusieurs fois à cause des vents forts et des hautes vagues. Les chevaliers, plus à l'aise sur la terre que sur l'eau, avaient presque tous eu le mal de mer. De plus, ils avaient aperçu de grosses créatures marines rôder sous les embarcations. Ensuite, sans comprendre pourquoi, ils avaient été attaqués par des dizaines de mouettes en furie. Normalement dociles, ces oiseaux s'étaient transformés en féroces prédateurs, et les chevaliers avaient dû les abattre pour arriver à poursuivre leur route. En fin de compte, ils avaient pu rejoindre l'île après trois jours de navigation dans des conditions difficiles.

Affamés et assoiffés, les hommes de Barthélémy avaient courageusement monté le camp avant d'explorer l'île, expédition qui leur avait permis de rapporter quelques sangliers à embrocher. Heureusement, il y avait du gibier et de l'eau potable en abondance, ce qui avait remonté le moral des troupes. Le seigneur, jugeant le moment opportun, avait même annoncé à ses soldats qu'il leur accordait quelques jours de congé afin qu'ils profitent de la plage, qu'ils prennent le temps de se nettoyer correctement ainsi que de vérifier leurs armures et d'aiguiser leurs épées.

Barthélémy venait tout juste de finir de parler à ses hommes lorsqu'un autre bateau de chevaliers accosta avec le corps de Sator et la nouvelle de la mort de Zacharia. Contrarié, il se retira dans ses quartiers pour maudire les dieux. Comment allait-il retrouver la toison d'or sans l'aide de son jeune moine ? Et puis, morte, la centaure ne lui servait plus à rien, puisqu'il ne pouvait plus l'interroger !

C'est en rageant que le seigneur attendit le petit matin, moment de la journée où, habituellement, la déesse Zaria-Zarenitsa lui apparaissait. Dès qu'il vit enfin son corps se matérialiser, il s'adressa brutalement à elle :

– Je fais quoi, moi, maintenant? Mon homme de confiance, Zacharia, est mort, et me voici avec le corps d'une centaure qui se décompose lentement en propageant une odeur infecte!

– As-tu trouvé l'arbre? demanda la déesse en guise de réponse. Écoute, tu dois d'abord trouver un chêne rougeâtre à la sève jaune afin d'en détacher un gland doré, tu te rappelles?

– Bien sûr que je m'en souviens! répliqua le seigneur, exaspéré. Je dois ensuite le déposer dans la bouche de la misérable centaure, je sais! Et là, quoi? La toison d'or apparaîtra sur mon dos? Il y aura un roulement de tambour et je deviendrai invincible? Je suis fatigué de ce jeu, Zaria-Zarenitsa…

– Il te manquera encore un élément pour posséder les pouvoirs qu'accorde le pelage des dieux, précisa-t-elle.

– Je le savais! ragea encore Barthélémy. Mais cette quête ne se terminera donc jamais!

– Calme-toi…, dit la déesse. Le troisième élément te sera remis en main propre! Tu n'auras rien à faire.

– Et qui pourrait bien être assez stupide pour ne pas garder un élément aussi précieux?

– Amos Daragon, répondit la divinité avec un demi-sourire.

Cette révélation fut un choc pour Barthélémy. Le chevalier s'attendait à tout, mais pas à cela ! Profondément sonné, il sentit des frissons lui parcourir le corps en même temps qu'une vague de chaleur lui montait à la tête. Un mince filet de sueur glissa le long de son visage.

– Voilà, c'est le porteur de masques lui-même qui t'apportera le troisième élément nécessaire pour reconstituer la toison d'or.

– Et… et quel… quel est donc cet élément ? demanda le seigneur, radouci.

– Il s'agit de cornes de bélier pétrifiées, expliqua-t-elle. Et tu auras l'occasion de tuer Amos Daragon et ses acolytes. Ils ne s'attendent tellement pas à te trouver ici ! Profite donc de la surprise que tu leur causeras pour ne pas manquer ta chance, elle ne se présentera pas deux fois…

– Et les cornes, que dois-je en faire ?

– Pose-les sur la tête de la centaure morte et attends… Lorsque les trois éléments de la toison d'or seront réunis, le pelage des dieux se reconstituera de lui-même ! Ensuite, tu n'auras qu'à le revêtir pour devenir invincible et accomplir ton destin…

– Je dois absolument tuer Amos Daragon?

– Pourquoi donc cette question? demanda la déesse. Tu hésites à l'éliminer? Éprouverais-tu de l'amitié pour lui?

– Non, plus maintenant! avoua Barthélémy. C'est plutôt une dette que j'ai envers lui…

– Une dette? De quelle nature?

– Il m'a libéré de l'esclavage alors que j'étais prisonnier à Arnakech… Tu vois, d'une certaine façon, je lui dois la vie…

– Et alors? On s'en fiche!

– Non. Je respecte un code d'honneur qui m'empêche de tuer quelqu'un envers qui j'ai une dette…

– Tes principes ne me regardent pas, conclut la déesse. Fais ce que je te dis et tout ira bien! Je te laisse… Ah! oui, n'attends pas Amos Daragon par bateau, il viendra par les airs!…

– Par les airs? s'étonna le chevalier. Il sait voler?

Sans prononcer un mot de plus, la déesse se volatilisa. Barthélémy demeura dans ses quartiers pour réfléchir quelques minutes. Comment lui était-il possible de se débarrasser d'Amos Daragon tout en respectant la dette qu'il avait envers lui?

Soudain, le seigneur se mit à rire. Il avait son idée…

Barthélémy sortit brusquement de sa tente et alla fouiller dans le grand coffre qui contenait les affaires de Zacharia. Il y trouva rapidement Fanon du Chagrin, la flûte magique du roi des faunes. Porté par un élan de joie, il ordonna le rassemblement de tous ses hommes. Bon nombre de chevaliers, à moitié réveillés et à peine vêtus, se précipitèrent hors de leurs tentes pour répondre à l'appel. Le seigneur leva alors la flûte à bout de bras et hurla :

– Y a-t-il quelqu'un ici qui sache jouer de la flûte ?

– Moi…, répondit timidement un chevalier à peine réveillé. Je joue du pipeau…

– Alors, voilà ton nouvel instrument ! déclara Barthélémy en lui tendant la longue flûte. Commence à répéter tout de suite, tu joueras bientôt pour Amos Daragon ! Les autres, habillez-vous, nous repartons explorer l'île ! Le congé est terminé !

***

– La nuit serrra bientôt là et je n'arrrrive pas à trrrouver ce foutu lac ! fit Flag, excédé, en présentant une bonne dizaine de cartes topographiques à Amos. Rrregarrrde toi-même! Moi, je n'y arrrrive pas!

Le porteur de masques commença à examiner les cartes et constata rapidement que Flag avait raison.

– C'est un vrai casse-tête. Toutes les distances sont à échelles différentes et aucune carte n'utilise les mêmes symboles... En effet, impossible de localiser le grand lac Ixion... Bon, préparons-nous pour la nuit et demain nous essayerons de prendre de l'altitude pour voir si nous ne l'apercevons pas de là-haut! Nous devrons...

– Regarde là-bas! l'interrompit Béorf en désignant un point lumineux au sol. On dirait un campement, juste là, derrière la colline... Regarde, ils ont allumé un feu! On pourrait peut-être descendre et leur demander notre route?

– Témérrrairrre comme idée! fit Flag. Mais cette idée est prrrobablement plus utile que rrrisquée!

– Avant de prendre une décision, il faudrait peut-être savoir quel peuple habite ces contrées, proposa Lolya par prudence. Il s'agit peut-être de créatures hostiles!

– Si nous y allions tous ensemble? suggéra Médousa. Nous pourrions garantir nos arrières!

– Je ne suis pas d'accord : ils pourraient croire à une attaque de notre part, répondit Béorf.

– Survolons-les d'abord discrètement, trancha Amos. Nous serons mieux fixés…

Dissimulée derrière le voile nuageux de la nuit tombante, la flagolfière survola lentement le camp. Ses habitants ne furent pas très difficiles à reconnaître à cause de leurs immenses cornes de taureau : il s'agissait d'un campement de minotaures. Les guerriers s'apprêtaient à faire cuire à la broche une carcasse de cheval et discutaient paisiblement. Le cantonnement comptait trois yourtes pouvant abriter certainement une bonne vingtaine d'hommes-taureaux.

– Très bien, dit Amos une fois que le ballon les eut survolés. J'irai seul à leur rencontre…

– Ce n'est pas très sage, le prévint Médousa. Les minotaures ont la réputation d'être sauvages.

– Les gorgones ont aussi très mauvaise réputation, la taquina le garçon, et pourtant j'en connais une qui fait exception ! Tu sais, Sartigan m'a enseigné qu'il ne faut pas toujours se fier à ce que disent les gens, mais surtout à ce qu'on pressent.

– Oh ! là là ! fit Médousa en feignant de ne pas être d'accord. Toi et tes leçons à la Sartigan ! Tout de même, nous nous tiendrons prêts ! Juste au cas !

– Alors, c'est décidé ! conclut Amos. Pose-nous ici, Flag ! Nous sommes à bonne distance…

– Tiens, prends ça…, lui dit Béorf en lui tendant ses oreilles de cristal. Pour te porter chance, je te prête les miennes, mais fais-y bien attention !

– Ne t'en fais pas. J'en prendrai soin comme de la prunelle de mes yeux, je te le promets ! Merci !

Amos enfila les oreilles magiques de Gwenfadrille et se mit un bandeau autour de la tête afin d'en cacher les pointes. Une fois que le ballon eut atterri, il se dirigea discrètement vers le camp des minotaures.

Le garçon toussota à quelques reprises en s'approchant du camp afin de se faire remarquer de loin. En l'entendant, les humanoïdes saisirent leurs épées et, sans broncher, ils le regardèrent arriver. Amos s'arrêta à une bonne distance d'eux et leur adressa la parole :

– Respect à vous, je suis désolé de troubler votre repos…

– Respect à toi, jeune humain qui parle si bien notre langue, respect encore, dit l'un des colosses près du feu.

– Respect à toi, répondirent tous les hommes-taureaux en guise de salutation.

La tension disparut aussitôt et l'on invita Amos à s'approcher du feu. Pour ces guerriers, tous ceux qui parlaient leur langue étaient inévitablement des amis de leur peuple et ne représentaient donc pas une menace.

– Respect à vous, continua Amos qui enchaînait toutes les formules de politesse propres à la culture minotaure. Je cherche à gagner le grand lac Ixion et je suis égaré…

– Respect à toi, mange d'abord… bois un peu, jeune voyageur. Ici, tu es chez toi… Demain, nous t'aiderons…

– C'est que, sauf respect, je préfère voyager seul.

– Je comprends, fit le minotaure, je respecte… Bois et mange.

Par crainte de commettre un impair, Amos accepta. Il avala quelques gorgées d'une boisson très amère et prit plusieurs morceaux de pain sec, cuit sans levure.

– La viande, respect pour l'animal, sera cuite dans quelques heures…, dit un minotaure en souriant de ses grandes dents de vache. Sauf respect, vers où marches-tu, déjà?

– Grande indulgence, enchaîna Amos de la façon la plus cordiale qui soit, je cherche le grand lac Ixion…

– Respect à toi, fit le minotaure, étonné par l'éloquence du jeune garçon. Celui qui respecte ma langue respecte mon peuple. Plein sud tu trouveras ce que tu cherches. Sauf respect, pourquoi parles-tu si bien?

– Grand respect, j'ai un ami minotaure, il se nomme Minho...

Le guerrier émit un grand rire joyeux:

–GRAND RESPECT POUR CET HUMAIN, MES AMIS! IL CONNAÎT NOTRE ROI ET L'APPELLE PAR SON PETIT NOM! Pas étonnant que, sauf respect, tu parles si bien... Tu es un frère minotaure, toi!

– Minho est roi? s'étonna Amos. Je l'ignorais...

– Grand respect pour Minho... Lors de sa rentrée au pays, il a défié notre souverain et, dans l'arène, l'a battu. Grand combat, grand respect pour Minho...

– Eh bien, grand respect pour Minho, c'est une très grande nouvelle!

– Dis-moi, sauf respect, es-tu avec les humains qui parcourent le pays centaure?

– Sauf respect, non, mais parle-moi d'eux, demanda Amos en se doutant bien qu'il s'agissait de Barthélémy et de ses hommes.

– Sauf respect, je sais peu de chose... sinon qu'ils ont récemment enterré l'un des leurs en territoire minotaure. Grand, grand respect, nous respecterons la sépulture humaine… Ils se sont aussi dirigés vers le grand lac Ixion.

Amos comprit alors l'urgence de partir. Barthélémy l'avait devancé et ne devait pas arriver à l'île avant lui.

– Grande indulgence, mais je dois partir, annonça Amos en se levant précipitamment. Sauf respect, il serait trop long d'expliquer mon départ soudain…

– Grand respect, frère humain, va reprendre ta route… Je comprends… Que les dieux te protègent !

« Ça, pensa Amos, j'en doute fort ! »

19
La toison d'or

Barthélémy, qui avait maintenant en sa possession deux des trois éléments de la toison d'or, scrutait les nuages en espérant y voir surgir bientôt le porteur de masques. Selon les révélations de Zaria-Zarenitsa, Amos arriverait sur l'île par les cieux, et c'est en soupirant d'impatience qu'il attendait, jour après jour, son arrivée. Le seigneur lui avait tendu un piège qui, si tout se déroulait comme prévu, aurait tôt fait de le neutraliser. Bien caché sous le couvert des arbres, les chevaliers de Barthélémy attendaient eux aussi le moment de passer à l'action.

— Tu crois que ces enfants sont aussi coriaces qu'on le dit ? demanda un chevalier à son voisin, alors qu'ils s'étaient tous les deux tapis sous les fougères.

— En tout cas, Barthélémy semble le croire ! répondit l'autre en haussant les épaules. D'ailleurs, tu ne te rappelles pas ?

C'est justement le jeune Amos Daragon qui a libéré notre ville des gorgones il y a quelques années de cela…

– Du temps où Yaune régnait sur Bratel-la-Grande, c'est ça?

– Oui…

– Je n'y étais pas à ce moment, car on m'avait envoyé en mission diplomatique à l'extérieur du royaume…

– On dit que c'est ce garçon qui, avec l'aide des troupes de Berrion, a réussi à éliminer tous les monstres de la ville, mais… mais que depuis, il a bien changé…

– Que veux-tu insinuer?

– J'ai entendu dire que, grâce à ses pouvoirs magiques, Amos Daragon a enflammé la ville de Berrion, tué son propre père, ensorcelé le seigneur Junos et que, depuis, il sillonne le monde à la recherche de nouveaux pouvoirs… Voilà pourquoi il désire autant s'emparer de la toison d'or… D'ailleurs, je connais des gens qui affirment qu'il voyage avec une gorgone! Tu imagines!? Il partage ses journées avec une des créatures qu'il a si chèrement combattues à Bratel-la-Grande!

– Voilà pourquoi il faut l'arrêter et l'éliminer! déclara un autre chevalier qui avait entendu la conversation. Je connais des habitants de Berrion qui l'ont vu aussi avec un démon… Une fille à la peau noire comme du charbon… On dit également qu'il peut se transformer en animal sauvage!?

– C'est notre devoir de l'arrêter, enchaîna un quatrième homme. Nous devons préserver le bien et éliminer le mal, telle est notre mission!

– Telle est notre mission! répétèrent en chœur les trois autres.

À ce moment, Barthélémy vit une énorme boule volante traverser le ciel.

«C'est lui, pensa-t-il, il arrive enfin…»

D'un geste furtif, il fit signe à ses hommes de se tenir aux aguets, puis se mit à appeler au secours. Le seigneur feignit la panique et, à grand renfort de larges gestes et d'appels incessants, il réussit enfin à attirer l'attention de l'équipage de la flagolfière.

Le ballon amorça une lente descente.

Lorsque l'engin fut à portée de tir, Barthélémy ordonna à ses archers de lancer leurs projectiles. Un nuage de flèches et de carreaux s'éleva de la forêt, mais, comme par enchantement, il fut balayé par un fort coup de vent. Étonnamment, c'est derrière le seigneur que s'éleva la voix d'Amos.

– Me croyais-tu assez stupide pour tomber dans ton piège? lança le garçon d'un ton amusé.

– Ah! mais je me doutais bien que tu allais me surprendre, Amos! lui répondit Barthélémy en se retournant. Et je vois que tu n'es pas seul… C'est toujours un plaisir de te revoir, Béorf!

– Tu te souviens sûrement de Lolya et de Médousa? reprit Amos.

– Vaguement…, fit le seigneur, amusé à son tour. Je ne retiens pas le nom des créatures stupides ou inintéressantes, mais je suis content de voir que tu les as bien dressées! Elles t'obéissent toujours comme des petits chiens?

– Va au diable, sale porc…, murmura Médousa entre ses dents.

Le porteur de masques se détacha de ses amis pour faire quelques pas en direction de Barthélémy.

– Je sais que tes chevaliers sont cachés dans les alentours et qu'ils n'attendent qu'un signe de toi pour attaquer, dit-il. Pour leur bien, je te conseille de les retenir…

– Si je comprends bien, répondit Barthélémy en souriant, tu m'annonces que tu es devenu un puissant magicien et qu'une centaine de chevaliers aguerris ne te font pas peur… Très bien, très bien, je te crois sur parole…

– Je veux que tu me remettes les éléments de la toison d'or que tu possèdes déjà, le somma Amos. En contrepartie, je te laisserai repartir vers Bratel-la-Grande…

– Petit prétentieux! s'exclama le seigneur. Dès notre première rencontre, j'ai su que tu deviendrais une petite peste arrogante et vicelarde! Tu ne vaux pas mieux que ta répugnante amie la gorgone! Écoute-moi bien, Amos Daragon, fils du petit menuisier Urban Daragon et de sa servante de femme Frilla, tu n'es pas de taille contre moi… C'est toi qui vas me donner l'élément de la toison d'or que tu possèdes ou tu périras!

– L'élément qui te manque est dans l'engin volant, se moqua Amos. Alors, dis-moi, comment feras-tu pour aller le chercher?

– Eh bien, pour une fois, fit le seigneur en donnant un signal du bras, c'est moi qui ai une longueur d'avance!

Aussitôt, deux balistes bien cachées dans la forêt catapultèrent deux immenses flèches qui percutèrent la flagolfière de plein fouet. L'une d'elles creva le ballon, alors que l'autre fit exploser la nacelle en mille éclats. Amos, ahuri devant ce malheureux spectacle, ne put réagir. La machine de Flag s'écrasa au sol dans un bruit de branches cassées.

– Tu me demandais comment j'allais récupérer l'élément qui me manque, dit le seigneur, hilare, eh bien, je n'ai plus qu'à fouiller les décombres !

– Salaud ! grogna Béorf en montrant ses crocs. Nous avions un ami à bord !

– Dommage pour lui…, déclara froidement Barthélémy. Mais on ne fait pas d'omelette sans casser des œufs ! Vous connaissiez l'expression ?!

– Tu nous le paieras, grommela Lolya.

– On ne sait jamais ce que la vie nous réserve, lança le seigneur en se bouchant les oreilles.

Barthélémy venait de donner le signal à son musicien et une douce musique se fit entendre. Amos, encore sous le choc de la destruction de la flagolfière, n'eut pas le temps de réagir. Déjà, la mélodie mortelle de la flûte du roi des faunes l'avait paralysé. Béorf essaya tant bien que mal de lutter contre le pouvoir de Fanon du Chagrin, mais, tout comme Amos, Lolya et Médousa, il sombra dans une mélancolie anesthésiante.

– Vous dormirez profondément, mes petits ! affirma Barthélémy en ricanant. Votre sommeil sera si profond qu'il vous engloutira comme une mer abyssale. Jamais vous n'émergerez de cette béatitude ! N'est-ce pas la plus belle façon de mourir ? Sans douleur, sans blessure et dans les bras sécurisants de Morphée…

Amos voulut d'abord crier de rage, mais, la seconde suivante, ses pensées dérivèrent vers son passé. Quelques crustacés à la main, il se préparait à rentrer à la maison où Frilla leur cuisinerait, à son père et à lui, une délicieuse soupe. Il oubliait sa mission de porteur de masques, ses amis, ses dernières aventures, et il revivait avec bonheur la réunion de sa famille. De son côté, Lolya revoyait l'instant où elle avait vu Amos pour la première fois. Près d'elle, Médousa gisait par terre en rêvant qu'elle nageait dans la mer Sombre avec ses amies gorgones.

Quand les quatre adolescents eurent sombré dans un profond coma d'extase, le flûtiste s'arrêta de jouer et Barthélémy se pencha au-dessus d'Amos.

– Adieu, Amos Daragon! Ce fut un plaisir et un honneur de te connaître. Je pourrais te tuer maintenant, de mes propres mains, mais je ne le ferai pas… C'est le poison de la flûte enchantée qui s'en chargera. J'avais une dette envers toi et elle est remboursée. Dors bien pendant que j'accomplirai mon destin…

Le seigneur fit un signe à ses hommes qui comprirent qu'il n'y aurait pas de combat, car la menace avait été écartée. Le plan de Barthélémy avait parfaitement fonctionné.

– Fouillez les décombres de l'engin volant! ordonna-t-il. Celui qui me rapportera des cornes de bélier aura double ration ce soir! Dépêchez-vous, le temps presse…

***

Après l'attaque des balistes, Flag Martan Mac Heklagroen avait chuté et s'était écrasé avec la flagolfière dans la forêt. Heureusement, sa descente avait été ralentie par les grandes branches d'un pin centenaire qui lui avaient ainsi évité de se fracasser la tête et de se casser les os. Le lurican s'était vite remis sur ses courtes jambes, avait respiré un bon coup, puis décollé à toute vitesse vers Amos.

Flag s'arrêta net lorsqu'il le vit, de loin, tomber mollement aux côtés de Béorf, de Médousa et de Lolya.

« Je ferrrais mieux de me cacher et d'attendrrre le bon moment pourrr leurrr venirrr en aide », pensa-t-il.

– Retourne-toi et ne bouge plus, petit lutin! fit une voix derrière lui.

Flag, surpris et contrarié, obéit en serrant les dents. Un chevalier le menaçait de son épée.

– Tu es un lutin, non? demanda l'homme, les yeux écarquillés.

– Non! répondit sèchement Flag. Je suis un lurican!

– Ah!... ah! bon..., fit le chevalier qui n'en croyait toujours pas ses yeux. Dis-moi, où caches-tu ton trésor?

Le lurican soupira d'impatience. Les humains avaient la fâcheuse habitude de croire que tous les êtres plus petits qu'eux étaient forcément des lutins, alors qu'il y avait une variété incalculable de races et de cultures chez les humanoïdes de petite taille. Mais, surtout, beaucoup d'entre eux semblaient encore croire aux contes et aux légendes qui racontaient que tous les lutins cachaient une marmite d'or à la base d'un arc-en-ciel.

– Tu veux mon trrrésorrr, hein? demanda Flag en jouant le jeu.

– Comme je t'ai capturé, tu dois me le donner! fit le chevalier. C'est la règle!

– Tu as rrraison, c'est la rrrègle! Ferrrme les yeux et attends mon signal avant de les rrrouvrrrirrr!

– Très bien... très bien..., fit l'homme, tout excité.

«Il est vrrraiment bête, celui-là!» songea Flag en saisissant une grosse branche tout près de lui.

– Je peux rouvrir les yeux?

– Non... pas encorrre...

– J'attends alors... C'est une marmite pleine de pièces d'or que tu me prépares, n'est-ce pas?

– Hé, hé!..., répondit le lurican en riant dans sa barbe, c'est plutôt trrrente-six chandelles que je te prrréparrre... Ouvrrre vite les yeux! C'est prrrêt!

Tout content, le chevalier ouvrit donc les yeux. Effectivement, ce n'est pas un trésor que le pauvre homme reçut, mais un bout de bois en plein visage. Le coup le renversa et lui fit perdre connaissance.

Flag rigola un bon coup de la facilité avec laquelle il s'était débarrassé de lui.

«Les humains sont trrrop facilement aveuglés par l'arrrgent, se dit-il. Il suffit qu'on prrrononce le mot "trrrésorrr" pour qu'ils perrrdent tout jugement... enfin, tant pis pourrr eux!»

Le lurican s'éloigna de sa victime et grimpa dans un arbre. Ce qu'il vit faillit lui faire perdre l'équilibre.

De son observatoire, il aperçut Barthélémy en train d'introduire un petit objet rond dans la bouche d'une jeune centaure au pelage doré. La créature devait être morte ou inconsciente, car elle n'eut aucune réaction. Un chevalier apporta ensuite les cornes de bélier trouvées dans les décombres de la flagolfière. (Flag se mordit les doigts de ne pas avoir pensé à les récupérer lui-même.) Très cérémonieusement, Barthélémy les déposa sur la tête de la centaure.

Survint alors une explosion si intense que toute l'île en trembla. Bien accroché à son arbre, Flag encaissa la secousse. Une fois remis, il constata que les plantes et les arbres tout autour de lui étaient couverts d'une mince couche d'or. Lui-même avait la peau et la barbe dorées !

Le lurican remarqua que Barthélémy portait une grande cape aussi brillante que le soleil. Quant aux cornes de bélier, tel un casque de guerre, elles lui couvraient la tête en lui conférant une allure d'indestructible conquérant. Sa physionomie avait changé et il semblait plus grand et plus costaud.

Or, sans savoir pourquoi, Flag eut un élan naturel de confiance envers lui. À ce moment, si Barthélémy lui avait demandé de le suivre, le lurican aurait accepté sans égard pour ses amis.

La persuasion était un des grands pouvoirs de la toison d'or !

20
L'élection

Ils étaient presque tous rassemblés autour de la grande table du grand conseil des quinze royaumes, car, de tous les seigneurs, seul Barthélémy manquait à l'appel. On l'avait attendu en multipliant bals, spectacles et autres cérémonies officielles, mais en vain. Il était maintenant grand temps de passer à l'élection d'un nouveau monarque, mais Bratel-la-Grande ne serait pas représentée.

– Si vous voulez bien, recommanda le seigneur d'Olilie, procédons immédiatement. C'est fort dommage pour le seigneur Barthélémy, mais nos lois stipulent que nous devons élire un nouveau régent dans les sept jours suivant les funérailles du défunt roi. Le vote doit donc se tenir aujourd'hui même !

– J'appuie cette proposition, affirma le seigneur de Tom-sur-Mer. Il a raison, nous ne pouvons plus attendre !

— Alors, que soit fermée à clé la porte du conseil, déclara solennellement le seigneur d'Olilie qui présidait l'assemblée. Elle ne sera rouverte que lorsque tous les seigneurs ici présents auront choisi leur nouveau souverain.

Deux gardes exécutèrent l'ordre en fermant à double tour la porte de la grande salle après en être sortis.

— Nous voici entre nous, messieurs, enchaîna le seigneur d'Olilie. Je vous demande d'écrire sur un bout de papier le nom de celui d'entre nous que vous croyez assez sage pour accéder au trône. Ceci constitue le premier tour et nous débattrons du mérite de chacun des deux candidats qui seront en tête avant de passer au second tour.

Aussitôt, chaque seigneur inscrivit son choix. Ainsi, plus de la moitié des voix désignèrent à ce premier tour Junos comme le prochain souverain. Le deuxième candidat choisi était le seigneur de Lavanière, un homme bon, mais trop timide pour être un grand meneur d'hommes. D'ailleurs, lorsqu'on lui demanda de prendre la parole pour vanter ses mérites et expliquer les grandes orientations de son règne possible, c'est avec beaucoup de difficultés qu'il réussit à s'exprimer clairement, tellement il était nerveux. Junos prit ensuite la parole et, pour sa part, s'exprima de façon très éloquente et persuasive. Avec beaucoup d'intelligence, il fit état des problèmes du royaume des quinze en prônant un partage plus équitable des richesses et s'indigna du manque de communication entre les différents territoires. Le seigneur de Berrion vanta les mérites de son royaume qui, malgré la coûteuse reconstruction de la capitale, était en voie d'équilibrer ses finances grâce aux nombreux échanges commerciaux avec les Vikings du Nord. En effet, Berrion faisait dorénavant des affaires avec les landes de Wassali de la Terre verte, ce que le seigneur de Lavanière, un royaume pourtant plus près des pays du Nord, n'avait jamais réussi à accomplir.

Puis, en véritable humaniste, Junos déclara que, dans le cas où il remporterait la victoire finale, il prônerait une politique d'ouverture envers les autres races humaines et humanoïdes du monde. Selon lui, les chevaliers ne devraient plus se méfier des différences culturelles et sociales, mais plutôt essayer de les comprendre afin d'en tirer profit. À son avis, la guerre était une mauvaise façon de stimuler l'économie du royaume, alors que la paix, elle, représentait l'unique moyen d'apporter le bonheur aux habitants et la prospérité aux commerçants.

— Voilà quelles sont mes valeurs, conclut de brillante façon le seigneur. Je promets à cette assemblée d'œuvrer de façon juste à l'équilibre des forces de ce monde afin que, pour une fois, ce royaume acquière la douceur de vivre que méritent ses gens.

Junos eut droit à des applaudissements bien sentis de la part de ses compagnons. Même le timide seigneur de Lavanière approuva les propos de son concurrent de plusieurs hochements de tête.

— Très bien. Maintenant, si vous le voulez bien, reprit le président de l'assemblée, passons au second tour de scrutin.

C'est à ce moment que des bruits de pas retentirent dans le couloir menant à la salle du conseil. Puis plusieurs coups brutaux furent donnés contre la porte. Manifestement, quelqu'un désirait entrer.

— Nous devrions peut-être ouvrir? suggéra le seigneur de Myon.

— Nos lois sont strictes! répondit le président. Cette porte doit demeurer fermée… Messieurs, continuons notre travail…

On frappa encore de façon insistante.

— Ce visiteur semble bien entêté, reprit le seigneur de Myon. Si nous faisons la sourde oreille, il ne sera plus possible de nous concentrer…

— Peut-être est-ce un messager qui apporte un pli urgent à l'un d'entre nous! lança le seigneur d'Izanbred. Avec les soucis que me cause l'abbaye de Portbo ces temps-ci, il pourrait bien s'agir d'une affaire pour moi!

– Et quels sont donc les ennuis de cette abbaye? demanda le seigneur de Grenime avec curiosité.

– Elle est en flammes depuis plusieurs semaines maintenant! Je ne comprends pas, le feu est si ardent qu'il est même impossible de s'en approcher pour tenter de l'éteindre… J'ai bien peur que cette malédiction ne se répande dans le royaume et que toutes les…

– Messieurs, à l'ordre! ordonna le président. Ne nous laissons pas distraire et continuons notre travail… Nous sommes donc au second…

Encore une fois, on frappa violemment à la porte.

– Ça alors! Je n'arrive pas à le croire! s'écria le président. Il y a pourtant des gardes à cette fichue porte! Que font-ils donc?

C'est alors que, dans un bruit assourdissant, la porte de la salle vola en éclats et dévoila le mystérieux visiteur. Barthélémy, couvert de la toison d'or, pénétra avec suffisance dans la pièce. Tous les regards demeurèrent fixés sur lui alors qu'il avançait lentement vers la table du conseil.

– Ai-je manqué quelque chose? s'informa le seigneur de Bratel-la-Grande tout en prenant place aux côtés de ses collègues.

Le président de l'assemblée, envoûté par le charisme de Barthélémy, ne put que bafouiller quelques paroles inaudibles. Il tenta de se reprendre, mais sa langue fourcha une autre fois.

Moins enclin à céder aux pouvoirs ensorcelants de la toison, grâce à sa sagesse, à son jugement et à sa force de caractère, c'est Junos qui répondit à la question :

– Nous sommes en train d'élire le nouveau souverain du royaume des quinze…

– Alors, très bien, dit Barthélémy, j'arrive juste à temps…

– Je regrette, mais vous êtes en retard, rétorqua calmement Junos. Par ailleurs, vous n'auriez pas dû défoncer cette porte…

– Mais… mais de quelle porte parlez-vous, cher confrère ?

– De…

Junos remarqua alors que la porte de la salle du conseil était en parfait état. Comme il avait peine à le croire, il se leva pour aller vérifier et constata effectivement qu'elle était intacte. Il interrogea les deux gardes postés de l'autre côté et ceux-ci lui certifièrent que personne n'était passé par là.

– Mais qu'avez-vous, Junos ? demanda Barthélémy d'un ton affecté. Seriez-vous donc souffrant, vieil homme ?

– Non… non…, bafouilla le seigneur de Berrion en regagnant sa place. C'est que j'étais pourtant sûr que…

– Je comprends que vous soyez fatigué…

– Mais je…

– Alors, donc, l'interrompit Barthélémy, c'est avec un très grand honneur que j'accepte de devenir le nouveau souverain du royaume des quinze, cette élection aura…

– Mais non… mais non…, dit Junos, confus. Nous n'avons pas encore voté au second tour!

– Mais si! Mais si! fit le chevalier. Nous venons tout juste de terminer le vote et j'ai été élu à l'unanimité… Même vous, Junos, vous avez voté pour moi! N'est-ce pas, monsieur le président?

Le seigneur d'Olilie ne put que hocher positivement la tête, incapable qu'il était d'agir autrement. Tels des automates, les autres membres du conseil confirmèrent également les propos de Barthélémy.

– Mais c'est impossible! cria Junos, toujours embrouillé dans ses pensées, mais surtout méfiant. C'est moi qui… J'étais le prochain…

– Ne soyez pas envieux, mon ami, déclara Barthélémy avec condescendance, et laissez-moi poursuivre mon discours. J'allais donc dire que l'unité sera le nouveau mot d'ordre du grand royaume des quinze. J'ai l'intention de lever une première grande croisade contre le mal et de lancer sur le monde la bataille finale qui fera triompher une fois pour toutes l'axe du bien! Les hommes doivent s'unir contre les créatures des ténèbres et...

– NON! hurla Junos. NON, NON ET NON! C'est un piège... Ce n'est pas ce qu'il faut faire! Je refuse de... Il embrouille nos esprits, nos pensées! Ne l'écoutez pas... Je vous en prie, ne l'écoutez pas!

– CELA SUFFIT, JUNOS! vociféra le nouveau roi. Gardes! Qu'on renvoie vite cet homme à Berrion pour qu'il y soit soigné. Je n'accepterai pas la présence de gens séniles autour de cette table! Notre mission est trop importante pour que nous laissions un perturbateur de la sorte la faire échouer!

Les deux gardes déverrouillèrent la porte et pénétrèrent dans la pièce pour s'emparer de Junos. Le seigneur de Berrion eut beau se débattre et dénoncer la manipulation de Barthélémy, personne ne l'entendit. Le pouvoir de la toison d'or les avait complètement hypnotisés!

– RETOURNE CHEZ TOI! cria le nouveau souverain, hilare. AUJOURD'HUI, JE SUIS LE ROI DES QUINZE ET, DEMAIN, JE SERAI L'EMPEREUR DU MONDE!

Lexique mythologique

OBJET DE LÉGENDE

LA TOISON D'OR : Dans la mythologie grecque, il s'agit du pelage très précieux d'un bélier ailé qu'on appelait Chrysomallus. Ce bien unique appartenant au roi de Colchide fut volé par Jason qui, aidé de Médée, réussit à déjouer la vigilance d'un dragon gardien.

LES CRÉATURES DE LÉGENDES

CENTAURE : Chez les Grecs, cette race d'humanoïdes mi-hommes, mi-chevaux habitait dans les régions montagneuses des contrées de Thessalie et d'Arcadie. Caractérisés par leur sauvagerie et leur violence, on les représentait dans le cortège des adorateurs de Dionysos, le dieu du vin.

FAUNE : Ces petits êtres de la mythologie grecque sont, à l'image des satyres, des divinités des bois et des montagnes. Compagnons du dieu Dionysos, on dit qu'ils passaient leur temps à poursuivre les nymphes en jouant de la flûte.

HARPIE : Ces descendantes du titan Pontos faisaient partie, dans les mythes grecs, des agents de la vengeance divine. Ravisseuses d'enfants, leur nom évoque l'action d'«enlever» ou de «saisir». On les rencontrait en mer Égée, dans les îles Strophades, ou encore sous terre, dans l'île de Crète.

MANTICORE : Cette créature monstrueuse appartient à l'imaginaire populaire de l'Asie, mais plus spécifiquement de l'Indonésie, de l'Inde et de la Malaisie. Sa queue remplie de dards venimeux en fait l'un des prédateurs les plus craints des jungles et des forêts du sud du continent. Des légendes racontent la disparition complète de villages après le passage d'une manticore.